Als der zweite Frühling kam
Gudrun Leyendecker

Als der zweite Frühling kam
ist der 14. Band der Romanreihe Liebe und mehr. In
Catania blühen schon die Mimosen, es ist Frühling auf
Sizilien. Die Journalistin Abigail Mühlberg wird von
einer Maskenbildnerin aus Sankt Augustine um Hilfe
gebeten. Ihr Patenkind ist verschwunden und soll sich
in dunklen Kreisen bewegen. Bei der Suche gibt es
unerwartete Schwierigkeiten, aber auch überraschende
Wendungen.

1. Auflage 2020
Copyright © Gudrun Leyendecker
Alle Rechte vorbehalten

Lektorat: Friederike Ramin

Biografische Information der deutschen Nationalbibliothek:
Die Deutsche Nationalbibliothek verzeichnet diese
Publikation in der Deutschen Nationalbibliografie; detaillierte
biografische Daten sind im Internet über http://dnb.dnb.de
abrufbar.
Herstellung und Verlag: BoD – Books on Demand, Norderstedt.
ISBN: 9 783 753 402 369

Als der zweite Frühling kam

Gudrun Leyendecker

Roman

Liebe und mehr

Bd. 14

Von dem Balkon des Hotelzimmers aus konnte ich den gelblich grauen Rauch beobachten, der aus dem Krater des Ätnas wie ein schmales Band in den Himmel strebte. Der Gedanke daran, dass sich hier vor kurzem noch glühende Lavamassen hinabgewälzt hatten, im Schein eines gigantischen Feuers, verursachte mir ein leichtes Magendrücken. Wie ein spuckendes riesiges Untier hatte der Vulkan wieder einmal gewütet und seinen Zorn abgelassen. Jetzt schien er kraftlos und ermattet zu schlafen. Aber ich spürte, es war kein tiefer Schlaf, sondern nur eine Pause, um wieder Kraft zu schöpfen.

Ermanno trat hinter mich und legte mir seinen Arm um die Schultern.

„Er zieht einen immer wieder in seinen Bann", riet er meine Gedanken und Gefühle. „Wollen wir heute noch Theresa und Giorgio besuchen? Ich glaube, sie wären enttäuscht, wenn wir nicht einmal kurz bei ihnen vorbeischauten."

Ich sah in den blauen Frühlingshimmel. „Ja, sie erwarten uns schon. Ich freue mich auf das Wiedersehen nach der langen Zeit. Fast zwei Jahre sind es jetzt her, seit wir hier mit ihr diesen Unglücksfall aufgeklärt haben. Wie schön, dass wir uns in diesem Urlaub wenigstens einmal ungestört erholen konnten. Catania und der Ätna im Frühling, das ist einfach ein Traum."

„Auf diese Ferien mussten wir auch lange warten", fand er. „Der Herbst und der Winter waren ziemlich anstrengend. Wir haben es uns verdient."

„Bei uns in Deutschland ist noch strenger Winter", wusste ich. „Ich habe eben mit Adelaide telefoniert. Sie hat mir erzählt, dass Moro in den letzten Wochen ein wenig depressiv war und sie die ganze Truppe der musikalischen Künstler, die im Seitentrakt wohnen, immerzu bitten musste, ihren Mann mit Musik zu erfreuen und zu unterhalten."

„Es ist nicht leicht für Moro, mit seinem Alter von 82 Jahren gesundheitlich schon so sehr eingeschränkt zu sein. Das stelle ich mir schrecklich vor. Er kann nicht mehr richtig laufen, er kann nur noch wenig sehen und seine Hände zittern. All das, was ihm früher Freude gemacht hat, muss er jetzt anderen überlassen."

„Was bin ich froh, dass die beiden Rossinis jetzt Bernhard und Carla an ihrer Seite haben, die beiden sind jung und können zupacken, und außerdem sind sie immer hilfsbereit, freundlich und gut gelaunt. Da zeigt es sich wieder einmal, dass viele negative Sachen auch ihre gute Seite haben. Wenn Carla irgendwo anders eine Arbeit gefunden hätte, wäre sie nicht ins Schloss gekommen und hätte nicht als Hausdame oder Hausmädchen für Ada arbeiten können."

„Und Bernhard als Gärtner, mit der Erfahrung der großen bekannten Gärten im kurfürstlichen Dresden, ist der ideale Betreuer des Schlossgartens in Sankt Augustine. Wir brauchen uns also über die beiden hier keine allzu großen Sorgen zu machen, während wir hier entspannen."

Ich lächelte ihn an. „Du hast Recht. Im Augenblick vermisse ich die kleine Dachwohnung des Schlosses wirklich nicht, obwohl sie uns zur zweiten Heimat geworden ist. Lass uns die letzte Zeit hier genießen!"

Für Ende Februar war die Temperatur außergewöhnlich warm. Ich trug eine weiße Hose und einen hellblauen, leichten Pulli, den ich in Deutschland zu dieser Zeit allenfalls in einer geheizten Wohnung hätte tragen können. Auch Ermanno hatte die Wintersachen zu Hause gelassen und sich zu seiner Jeans ein dunkles Shirt übergezogen.

Ich nahm ein Päckchen aus dem Koffer. „Hier habe ich noch ein kleines Geschenk für Theresa. Ich fand es in einem Antiquitätengeschäft."

„Dann ist es bestimmt etwas Besonderes", vermutete er. „Sie ist schon etwas extravagant, unsere kleine Künstlerin. Ich erinnere mich noch daran, dass sie sich damals Susi nannte."

„ Ja, genau. Sie ist einzigartig. Deshalb ist das Geschenk auch ein Schachspiel mit handgemachten Figuren aus Ton. Ich finde sie sehr originell und hoffe, dass sie Theresa gefallen. Kennst du dich aus in dem Viertel, in dem die beiden wohnen?"

„Das Häuschen liegt im Westen von Catania. Es ist nicht sehr weit von hier, wir können zu Fuß gehen, wenn du magst."

„Und ob! Dieses Licht zwischen den historischen Gebäuden fasziniert mich. Wenn ich ein Maler wäre die Moro, ich würde mir hier gar nicht mehr weggehen. Schade, dass er seine Heimatstadt nicht besuchen kann."

„Vielleicht könnte er noch hierher fliegen?"

„Er meint, das sei für sein Herz zu aufregend. Immerhin hatte er schon mehrmals einen Herzinfarkt. Er wird sich mit Erinnerungen und Filmen begnügen müssen."

„Das finde ich auch traurig für ihn. Zum Glück hat er die Fürsorge seiner Adelaide, die alles für ihn tun würde. Ich bin übrigens soweit", meinte er.

„Und du siehst auch schon perfekt gekleidet aus."

Ich strahlte ihn an. „Dann passen wir gut zusammen."

In diesem Augenblick meldete sich mein Handy, und obwohl mir die Nummer aus Deutschland unbekannt war, nahm ich den Anruf entgegen.

Eine Frauenstimme meldete sich. „Guten Tag Frau Mühlberg, Sie kennen mich nicht, noch nicht. Ich bin Frau Irene Kelly aus Sankt Augustine. Ich habe eine ganz große Bitte an Sie. Von meiner Bekannten habe ich gehört, dass Sie schon viele vermisste Personen gefunden haben. Würden Sie mir auch dabei helfen, mein Patenkind zu finden?"

Ich war überrascht. „Oh! Ich glaube nicht, dass ich Ihnen da im Moment helfen kann. Ich bin augenblicklich mit meinem Freund in Italien, ganz weit im Süden, auf Sizilien. Wir verbringen da gerade unseren Urlaub und werden noch drei Tage hier sein. Haben Sie sich schon einmal an die Polizei gewandt?"

„So dringend ist es nicht. Es kommt sicher nicht auf ein paar Tage an, da ich mit meiner Nichte seit einiger Zeit keinen Kontakt mehr hatte. Ich habe sie zum letzten Mal gesehen, da war sie ein Kind von sechs Jahren. Inzwischen ist sie fast zwanzig Jahre alt. Es geht darum, dass sie jetzt möglicherweise in schlechter Gesellschaft ist. Davon hat mir eine Freundin erzählt."

„Ach so, ich dachte, sie sei jetzt in den letzten Tagen verschwunden. Dann werde ich mich mit Ihnen in Verbindung setzen, wenn ich wieder zurück bin. Ich habe ja jetzt ihre Telefonnummer und werde mich dann umgehend melden."

„Das ist sehr freundlich von Ihnen, dann werde ich Ihnen schon einmal alle Daten schicken, wenn Ihnen das Recht ist."

„Das können Sie gern, vielleicht auch, all das, was Sie über sie wissen, eine kleine Lebensgeschichte, soweit Sie informiert sind. Dann kann ich vielleicht zwischendurch auch schon einmal im Internet ein bisschen recherchieren."

Sie bedankte sich bei mir, und Ermanno lächelte mir zu. „Ich glaube, wir beide haben einen neuen Fall."

***

Die schmalen Gassen am Rand der Altstadt erinnerten mich an Venedig und andere historische Städte des südlichen Italiens. In manche, so wie hier, fand die Nachmittagssonne nur noch spärlich hinein.

Das kleine, orangefarben gestrichene Häuschen schien sich die Sonne gestohlen zu haben und leuchtete uns schon von weitem entgegen.

Blumenkübel zierten den Eingang, in den Terrakotta -Töpfen blühten goldgelbe Aurikel.

Theresa, die junge hübsche Künstlerin öffnete uns selbst die Tür und stürmte auf mich zu. „Habt ihr es doch noch geschafft, zu uns zu finden?! Schade, dass mein Mann gerade unterwegs ist. Aber Hauptsache, ihr seid gekommen. Herein mit euch!" Eine stürmische Umarmung folgte, ihr Gesicht strahlte und drückte ehrliche Freude aus.

Sie führte uns in eine Art Wintergarten, fast ganz aus Glas, in dem zahlreiche Kübel mit Mimosenpflanzen dem Raum eine freundliche Atmosphäre gaben. Die unzähligen zarten, gelben Blüten, zwischen dem kräftigen, dunklen Grün ihrer schlanken Blätter, schmückten das Zimmer mit tausenden von hellen Farbtupfen.

Teresa bot uns Platz an, füllte Limoncello in kleine Gläser und stieß mit uns auf das Wiedersehen an.

„Diese beiden Orte, Catania und Sankt Augustine, sind für mich sehr schicksalhaft. Beide liebe ich sehr, aber hier fühle ich mich noch mehr zu Hause, wegen Giorgio und wegen Giuseppe, meinem Vater. Hier bin ich sehr glücklich und habe die schrecklichen Zeiten schon weitgehend verarbeitet. In der letzten Zeit hatte ich eine sehr fruchtbare Phase, ich werde euch nachher einmal meine neuesten Skulpturen zeigen.

Ich reichte ihr das Geschenkpäckchen, dass sie eilig öffnete. „Was sind die schön!" rief sie aus, als sie die handgeformten Figuren entdeckte. „Das ist übrigens eine Idee für mich. Wenn ich einmal keine großen Figuren mehr herstellen kann, aus welchem Grund auch immer, dann kann ich mich an einen Tisch setzen und kleine Schachfiguren formen. Aber jetzt erzählt einmal, wie war euer Urlaub hier?"

„Genau genommen war es nicht nur ein Urlaub",
erklärte Ermanno. „Wie du weißt, bin ich Geologe
und Biologe und hatte hier zur selben Zeit einen
Auftrag, der mit der Flora Siziliens zu tun hat.
Wusstest du eigentlich, dass es auf Sizilien 3000
verschiedene Pflanzenarten gibt, und dass es im
Mittelmeerraum nirgendwo so viele verschiedene
Pflanzen gibt wie hier?"

Theresa staunte. „Nein, ich lebe hier und habe es
nicht gewusst. Aber ich liebe die Pflanzen hier alle,
die Zitronenbäume, den Jasmin, die Mimosen und
die Bougainvillea. Aber ich weiß,
dass sich aufgrund der Bedingungen hier, auch
noch Pflanzenarten erhalten haben, die aus grauer
Vorzeit sind. Stimmt es, Ermanno?"

„Das ist richtig, es gibt Reliktpflanzen aus dem
Tertiär und Klimaflüchtlinge, die der Eiszeit
entkommen sind, aber ich will euch darüber jetzt

keinen Vortrag halten. Wie geht es dir und Giorgio?"

„Wir können es noch gar nicht fassen, dass wir jetzt unsere Liebe offiziell leben dürfen, jetzt, nachdem sich herausgestellt hat, dass er am Tod seiner Frau nicht schuldig ist, sondern sie es selbst war, die kriminell wurde. Glück genießen zu können, will auch erst gelernt sein, wenn man es vorher nicht kannte. Und ihr? Habt ihr keinen neuen Kriminalfall?"

Ich lächelte. „Das ist noch nicht ganz heraus. Es gibt einen neuen Vermisstenfall, eine Patentante vermisst ihre Nichte, allerdings schon seit einiger Zeit. Offenbar haben sie den Kontakt zueinander verloren. Aber irgendjemand hat ihr nun zugetragen, dass es wohl gut sei, sich jetzt einmal um die Nichte zu kümmern. Genaues muss ich noch in Deutschland klären."

„Klingt wieder einmal spannend", fand sie. „Da habt ihr sicher wieder eine Weile zu tun. Aber im Sommer müsst ihr unbedingt einmal wiederkommen oder im späten Frühjahr, damit ihr wieder im Meer baden könnt."

Ich nickte ihr zu. „Die Spaziergänge am Strand waren auch sehr erfrischend und die Runden am Ätna sehr erholsam. Wir haben sogar an den schneefreien Hängen wieder ein paar der vielen Höhlen inspiziert, und Ermanno ist tatsächlich mit seiner Arbeit fertig geworden. Da wollen wir dann morgen noch einmal in die Wälder von Monti Madonie, einem der wenigen Waldgebiete von denen, die noch auf Sizilien übrig geblieben sind.

„Wenn man sich heute das Land vorstellt, scheint es einem undenkbar, dass einmal so viel Wald hier gewesen ist", fand Ermanno. „Aber er wurde leider, wie in vielen anderen Gegenden auf der Erde weitgehend abgeholzt."

„Trotzdem ist Sizilien immer noch märchenhaft", schwärmte Theresa. „Und jetzt kommt mit in meine Werkstatt, in mein Atelier!"

Wir standen auf und folgten ihr in den hellen Anbau, der ebenfalls zwei Wände aus Glas besaß. Neben einigen Arbeitsplatten, Staffeleien und allerlei unbehandelten Steinen entdeckten wir eine Sammlung von fertigen Figuren aus Speckstein."

„Interessant!" fand Ermanno und betrachtete die voluminösen Frauen- und Männergestalten, die spärlich bekleidet und doch recht majestätisch auf die Betrachter herabblickten.

„Das ist eine Bestellung vom Bürgermeister von Palermo", berichtete sie uns. Weil die Insel Sizilien nicht nur eine italienische sondern auch eine griechische Geschichte hat, ließ er die Götterwelt der beiden Länder parallel herstellen." Sie erklärte und zeigte uns die einzelnen Figuren. Da gab es die römische Venus und die griechische Aphrodite, den römischen Mars und den griechischen Ares, Saturn und Hephaistos und all die anderen bekannten Götter der Antike.

„Großartig! Du bist ein Genie!" lobte ich Theresa.

„Dafür muss man nicht nur Geschmack und handwerkliches Können haben, sondern auch ein Talent, sich in die Materie hinein zu denken und zu fühlen. Und wo nimmst du die ganze Zeit her? Jetzt, da ihr euch gefunden habt, wollt ihr doch bestimmt auch etwas miteinander unternehmen, du und Giorgio, oder?"

„Oh, wir nutzen jede Zeit, die wir uns stehlen können. Leider muss Giorgio jetzt häufig auf Geschäftsreisen, sogar nach Deutschland, und wenn ich nicht gerade so viel zu tun hätte, würde ich ihn sicherlich begleiten. Unser guter lieber alter Moro Rossini selbst war es, der ihm die Kontakte rund um Sankt Augustine herum verschafft hat. Wundert euch also nicht, wenn ihr ihm dort demnächst einmal über den Weg lauft!"

„Das ist schade, dass du im Augenblick an solch großen Figuren arbeiten musst", fand ich. Die kannst du nicht gut hin und her schleppen. Aber wenn du mal die kleinen Schachfiguren bastelst, das könntest du dann auch wieder im Rosenturm fertig bringen, wo du damals gewohnt hast, als ich dich als Susi kennenlernte."

Sie lächelte. „Richtig! Das waren noch Zeiten! Wenn du mir nicht geholfen hättest, ihr beide, meine ich, dann hätten wir nie wieder zueinander finden können, Giorgio und ich. Aber jetzt sagt mir, worauf ihr Hunger habt! Eine schöne Minestrone, Pasta oder Pizza."

„Mach dir mit dem Essen keine Arbeit für uns", bat sie Ermanno. „Ich habe meine Frau heute Abend zum Essen eingeladen, und zwar in das Restaurant am Strand, wo wir schon damals einmal gegessen haben, als wir noch kein Paar waren."

Sie staunte „Deine Frau? Ich wusste gar nicht, dass ihr jetzt verheiratet seit."

„Nein, sind wir auch gar nicht. Aber auch ohne Trauschein empfinde ich es so. Wir waren gestern auch bei meinem Lieblingsjuwelier, dort hat sie schon einmal ein paar Ringe anprobiert. Denn, selbst wenn eine Hochzeit noch nicht in Aussicht steht, habe ich ihr schon lange einen speziellen Ring versprochen, der ein Symbol für unsere Partnerschaft sein soll."

Theresa lachte. „Nein, da seid ihr aber umständlich. Nachdem der Fall damals geklärt war, und mir Giorgio seine Liebe geschworen hat, haben wir kurz danach in Catania geheiratet. Eigentlich hatten wir vor, eine große Hochzeit zu machen, wie das so in Italien üblich ist. Ihr solltet auch eingeladen werden. Aber dann wurde mein Vater schwer krank, und wir befürchteten, dass er stirbt und unsere Hochzeit nicht mehr erleben kann. Deshalb haben wir ganz schnell eine kleine Feier mit ihm und ein paar Leuten hier inszeniert. Zum Glück ist er danach aber wieder gesund geworden. Und die große offizielle Hochzeit, die müssen wir sowieso noch einmal nachholen, sobald Giorgio diese ganz großen Aufträge in Sankt Augustine erledigt hat."

„Und was macht er da genau?" erkundigte sich Ermanno.

„Ach, ihr wisst das noch gar nicht? Bürgermeister Schneider lässt doch die Theaterräume in der riesigen Mehrzweckhalle renovieren. Es soll nun ein richtiges Theater werden, damit es auch in diese historische Stadt passt. Giorgio hat alles dafür entworfen, die Fassade außen, die Innenkulisse und auch den Zuschauerraum. Ich habe jetzt gerade kein Bild davon hier, es ist ganz grandios geworden. Und die Kulisse probieren sie auch an Ort und Stelle aus, da kommen extra Schauspieler und Sänger, die ihre Erfahrung mit einbringen können."

„Das ist typisch Bürgermeister Schneider", fand ich. „Er denkt aber auch an alles. Was bin ich froh, dass wir jetzt diesen perfekten Mann für diese Stadt gefunden haben. Immer wieder versteht er es, Geld für die Instandhaltungen aufzutreiben."

„Ich denke, er hat ganz gute Spender in und um Sankt Augustine", überlegte Ermanno. „Rossini sorgt selbst für die Instandhaltung des Schlosses, und die gute Tante von Laura, Frau Ackermann, ist ganz groß im Spenden."

„Giorgio wird gut bezahlt", berichtete Theresa. „Aber ihr könnt euch denken, dass wir auch das Geld sehr nötig haben, nachdem er verdächtigt wurde, seine Frau umgebracht zu haben, und er sich so lange versteckt halten musste."

„Geht es euch denn jetzt gut?" fragte ich sie direkt.

Theresa nickte. „Oh ja, der Bürgermeister von Palermo hat mir schon einen Vorschuss gegeben und Giorgio wird in Sankt Augustine monatlich bezahlt. Wir können gut leben, und es wird immer besser."

Ich atmete erleichtert auf. Theresas Leben hatte also geordnete Bahnen gefunden, ja beide Eheleute konnten sogar mit der Kunst Geld verdienen, was nicht jedem Künstler gegeben ist. Wir blieben eine ganze Weile bei ihr, begutachteten noch das eine oder andere Modell, das sie geschaffen hatte und verabschiedeten uns dann mit einer herzlichen Umarmung von ihr.

„Aber zur Hochzeit müsst ihr unbedingt kommen, zu der Nachfeier! Das müsst ihr mir versprechen!" legte sie uns beim Abschied nahe und winkte uns lange hinterher.

Im Schein der Abendsonne spazierten wir wieder zurück zu unserem Hotel. Nachdem wir uns dort umgezogen hatten, durchquerten wir fast die ganze Stadt, stiegen zum Strand hinunter in östliche Richtung und verbrachten den Rest des Tages in dem hübschen Restaurant mit Blick auf das Meer, wo wir die gemeinsame Zeit miteinander genossen.

„Das sind unvergessliche Tage", flüsterte ich um Mitternacht Ermanno zu. „Sternstunden, die man im Herzen behält, und als Antwort küsste er mich.

***

Noch im Flugzeug schwärmten wir von den letzten beiden Tagen auf Sizilien. Der Ausflug zum Monti Madonie hatte uns mit seinem Waldgebiet gezeigt, wie Sizilien früher einmal ausgesehen haben musste. Und überall hatte es schon nach Frühling geduftet.

Den letzten Tag hatten wir noch einmal in Catania genossen, den Dom besucht und uns am Elefantenbrunnen fotografiert. Die meisten Plätze waren mit Erinnerungen verbunden, Bilder aus der Zeit von vor zwei Jahren, wo uns nur wenig Zeit zum Beschauen und Genießen geblieben war.

Das schmerzhafte Ziehen vom Abschied zeigte sich wie immer in meiner Brust, wenn ich aus einem schönen Ort der Welt wieder abreisen musste. Aber die Ankunft in Sankt Augustine, im Schloss von Moro Rossini und seiner Frau Adelaide, wo unsere kleine Dachwohnung auf uns wartete, entschädigte uns voll und ganz.

Die Schlossherrin Adelaide, der man die 72 Jahre noch nicht so ganz abnahm, begrüßte uns im kleinen Salon mit Kaffee und Kuchen. Gemeinsam mit Carla hatte sie die berühmten Augustiner gebacken, runde Pfannkuchen mit Pflaumenmus gefüllt, und in Fett ausgebacken. Als Überraschung hatten sie einen Maulwurfkuchen hergestellt, der in seiner Form als Berg bekannt ist, aber die beiden Künstlerinnen hatten ihm oben eine Spitze aus weißem Zuckerguss wie Schnee verpasst, und aus einem Krater floss das Johannisbeergelee in alle Richtungen.

Wir zweifelten keinen Augenblick daran, dass dies eine Nachbildung des Aetnas sein sollte, begutachteten und lobten die Backwerke und ließen uns gemeinsam mit Moro und Adelaide, Carla und Bernhard den Kaffee zum Kuchen schmecken.

Während es im Schloss inzwischen keine Veränderungen gegeben hatte und auch nichts Nennenswertes geschehen war, konnten wir von einigen Veränderungen im Stadtbild von Catania berichten, aber auch von unserem Besuch bei Theresa und Giorgio.

Ermanno wandte sich an Moro. „Durch unsere detektivische Arbeit Ende des letzten Jahres haben wir gar nichts davon mitbekommen, dass du Giorgio in Sankt Augustine zu so einer interessanten Arbeit verholfen hast. Damit hast du den frisch Verheirateten einen großen Gefallen getan, denn nach Giorgios Abwesenheit fehlt ihnen bestimmt so einiges an Geld in der Kasse."

Der Schlossherr nickte. „Daran habe ich auch gedacht, immerhin ist er in der gleichen Stadt geboren wie ich, dem unvergleichlichen Catania, wenngleich auch über 40 Jahre später. Und außerdem ist er wirklich ein Meister seines Faches. Er hatte mir bei seinem letzten Besuch eine Reihe von Fotos seiner Arbeiten gezeigt, und die sind sehr gut."

Ich sah in die Runde. „Die einzige Schwierigkeit besteht nur darin, dass Theresa momentan alleine auf Sizilien nach ihrem Liebsten schmachten muss. Sie arbeitet gerade an einem großen Auftrag, den ihr der Bürgermeister von Palermo für seinen Eigenbedarf gegeben hat. Daher kann sie ihren Ehemann nicht begleiten."

Moro dachte nach. „Man kann nicht alles haben. Ich bedaure zwar auch, dass die beiden nun schon wieder getrennt sind, aber man kann solche Zeiten überleben, wenn man bedenkt, wie es meiner Adelaide und mir gegangen ist. Etwa 35 Jahre waren wir getrennt, aber ich wünsche natürlich keinem solch ein Schicksal. Ich werde einmal sehen, was ich machen kann. Den Bürgermeister von Palermo kenne ich leider nicht, dazu bin ich schon viel zu lange aus Italien fort, aber ich kenne den Bürgermeister Schneider aus Sankt Augustine gut, und ich werde ihn nach einem Urlaub für Giorgio fragen."

„Aber jetzt müsst ihr euch erst mal hier ausruhen", wandte sich Carla an uns. „Während ihr im Süden bestimmt schon den Frühling gesehen habt, ist es hier noch Winter, wenn auch inzwischen ohne Schnee. Dieser Wetterumschwung könnte euch schon zu schaffen machen, wir haben ja ein ganz anderes Klima. Und dann noch der Flug, und diese Wartereien an den Flugplätzen, das ist doch ätzend."

„Eine kurze Pause tut ganz gut", bestätigte ich ihr und nahm die Kaffeekanne, um den anwesenden Gästen das belebende Getränk einzuschenken. „Aber nicht zu lange. Ich habe nämlich schon wieder einen neuen Auftrag, und Ermanno kann mir sicherlich dabei helfen mit seiner Erfahrung als Privatdetektiv."

„Was ist es denn diesmal?" erkundigte sich Bernhard.

„Ich soll für Frau Irene Kelly nach ihrer Nichte suchen. Die ist jetzt 20 Jahre, hatte mit ihrer Tante schon länger keinen Kontakt mehr, und soll sich jetzt in zweifelhafter Gesellschaft befinden. Vielmehr weiß ich darüber auch noch nicht, aber Frau Kelly hat sicher noch einige Informationen für mich parat."

„Ich kenne Frau Kelly gut", überraschte mich Adelaide. „Sie war einmal als Klientin bei mir, als ich noch im Rosenturm wohnte."

„Dann weißt du bestimmt auch einiges über sie", vermutete ich.

„Sie ist Lehrerin und ich schätze sie auf etwa 40 Jahre, die genauen Daten von ihr habe ich nicht mehr im Kopf. Da sie alleinstehend ist, hat sie wohl noch Zeit übrig. Daher gibt sie auch viele Privatstunden, also Nachhilfe. Wenn ich mich nicht irre, kann sie auch Italienisch und unterrichtet es ein wenig. Ich habe sie als eine sehr bescheidene Frau kennengelernt, denn sie wohnt in einem winzigen Appartement im Nordwesten von Sankt Augustine, ein paar Straßen hinter dem Rosenturm."

„Weißt du auch irgendetwas von der Nichte?"

„Sie hat einmal von ihr erzählt, und war ganz traurig darüber, dass sie sie aus den Augen verloren hat. Die Mutter ist wohl früh gestorben, die Mutter der Nichte, meine ich, und der Vater konnte den Tod seiner Frau nicht verwinden. Da ist er dann mit seiner Tochter nach Brasilien gezogen, aber kurze Zeit danach ist auch der Vater gestorben. Da war das Kind gerade einmal 8 Jahre alt."

„Wie tragisch!" fand Carla. „Beide Eltern so früh verloren. Was ist dann aus ihr geworden?"

„Frau Kelly hat sich nach ihrer Nichte erkundigt, auch in Brasilien. Immer wieder. Dort hat ihr dann die deutsche Botschaft mitgeteilt, dass die Nichte nicht auffindbar sei. Aber jetzt bei den neuesten Recherchen, hat ihr eine neue Mitarbeiterin der deutschen Botschaft verraten, dass die junge Deutsche vor einem halben Jahr wieder zurück in ihre Heimat gezogen ist. Leider gäbe es dort aber keine Akten, in denen vermerkt ist, wohin sie gezogen sei. Frau Kelly hat dann immer weiter gesucht."

„Aber jetzt wird sie doch sicher eine Spur haben, wenn du gezielt nach ihr suchen sollst."

Nachdenklich sah ich sie an „Offenbar. Sonst wüsste sie nicht, dass sie sich in dunklen Kreisen befindet. Irgendjemand muss sie wohl gesehen haben. Aber das werde ich wohl morgen erfahren, wenn ich Frau Kelly besuche."

„Das wird aber ein schweres Unterfangen werden", vermutete Bernhard. „Hoffentlich kann dir diese Frau Kelly wenigstens genügend Anhaltspunkte mitgeben, sonst kommt mir die Suche ziemlich aussichtslos vor, wie nach einer Stecknadel im Heuhaufen."

Ich nickte. „Und über die Meldeämter ist es auch sehr schwierig, da habe ich schon meine

Erfahrungen gemacht. Ich kann von Glück sagen, dass ich Cordula vom Amt hier in Sankt Augustine kenne. Sie hilft mir manchmal unbürokratisch weiter. Aber ihr seid herzlich eingeladen, mir zu helfen, wenn ihr irgendwelche Ideen habt."

„Meine Ideen beschränken sich auf Ideen, die ich beim Kochen und Backen mit Adelaide ausprobieren kann", freute sich Carla. „Hat euch der Ätna geschmeckt?"

„Was für ein Glück, dass der echte ein bisschen länger zusammenhält", fand Ermanno. „Ich werde mich auch nur beiläufig um diese Suche kümmern können, weil ich ab morgen wieder an der Universität Vorlesungen gebe."

„Na Gott sei Dank, dass der viele Schnee jetzt endlich getaut ist", meinte Adelaide. „Leider gibt es hier in Sankt Augustine keine Uni, an der du arbeiten könntest. So hast du doch jeden Tag ziemlich viel zu fahren, aber endlich ohne Schnee auf der Straße."

„Ja, es wird doch jetzt jeden Tag heller", fügte Carla hinzu, und ich hoffe, dass ihr den Frühling aus dem Süden mitgebracht habt. Hattet ihr dort wirklich besseres Wetter als wir?"

Ich lächelte in verträumte Erinnerung. „Ganz sicher, und ich hoffe, dass der Frühling nicht dort auf der Insel bleiben möchte. Vorstellen könnte ich es mir schon, denn es ist einfach traumhaft dort."

***

Trotzdem gefiel es mir in Sankt Augustine, als ich am nächsten Tag durch das historische Städtchen spazierte und die alten Gebäude betrachtete. In den Vorgärten entdeckte ich Primel, Krokusse und die letzten Schneeglöckchen, auch die Narzissen steckten neugierig ihre ersten grünen Blätter in die Höhe.

Das Appartement der Lehrerin lag in einem einstöckigen Neubau, den ein guter Architekt harmonisch in das Straßenbild eingepasst hatte. Ein dunkles Dach zog sich tief hinunter bis zum matten Weiß des Mauerwerks.

Frau Kelly öffnete die Tür, sie schien mich erwartet zu haben. „Kommen Sie herein, Frau Mühlberg! Ich habe auch schon alle Unterlagen für Sie vorbereitet." Sie führte mich in einen größeren Raum, der sowohl Wohnküche, als auch Wohnzimmer mit einer Schlafcouch beinhaltete.

Lediglich ein kleines Bad und den Flur hatte man separat abgetrennt.

„Schauen Sie sich das alles in Ruhe an!" bat sie mich, nachdem sie mir Platz und einen Kaffee angeboten hatte.

Sie hatte den Inhalt eines großen Umschlags auf den Tisch ausgebreitet, etliche Fotos ihrer Nichte, eine Geburtsanzeige, eine Einladung zur Taufe, Fotos der Eltern und einen Zeitungsausschnitt einer Veranstaltung.

„Hier ist das letzte Foto, das ich von ihr bekommen habe. Darauf ist sie etwas älter als vierzehn Jahre. Sie ist ein sehr hübsches Mädchen, finden Sie nicht auch?"

Ich nickte. „Ja, das ist sie, und ich finde, sie sieht Ihnen sogar etwas ähnlich."

„Dankeschön. Ich denke, sie ist inzwischen noch hübscher worden. Sie heißt Verena Bosch und war nicht nur sehr sportlich, sondern auch künstlerisch begabt. Als kleines Mädchen tanzte sie im Ballett. Nun ja, ich glaube, dass Künstlerische liegt bei uns in der Familie. Ich unterrichte Kunst, Philosophie und Sprachen."

„Das ist interessant. Und welche Sprachen?"

„Englisch, Französisch und Italienisch. In diese Länder reise ich auch sehr gern, da kann man sein Sprachwissen wenigstens verwenden."

„Das ist praktisch", fand ich. „Leider kann ich diese drei Sprachen nicht perfekt, Englisch und Französisch noch von der Schule, und das Italienische habe ich mir ein bisschen angeeignet für meinen italienischen Freund."

„Ich habe auch viele italienische Freunde, besonders in Norditalien, wo ich regelmäßig hinfahre. Und im Augenblick habe ich einen Mann kennen gelernt, dessen Heimat Italien ist." Sie wurde etwas rot im Gesicht. „Entschuldigen Sie, dass ich Sie mit so privaten Dingen belästige, aber irgendwie wirken Sie so Vertrauen erweckend."

„Wir sind in einem ähnlichen Alter, da kann man schnell zueinander finden. Ich bin auch mit einem Italiener zusammen, er heißt Ermanno, seit über einem Jahr, und ich bin sehr glücklich mit ihm."

„Ich bin noch frisch verliebt", erzählte sie. „Und ich habe noch nicht herausgefunden, wie viel ich ihm bedeute. Aber immerhin besucht er mich einmal am Tag, manchmal mittags, dann trinken wir einen Kaffee zusammen, und manchmal abends, dann trinken wir ein Glas Wein zusammen. Für einen Italiener ist er ziemlich zurückhaltend."

„Das ist gut", fand ich. „Wir waren auch erst eine lange Zeit fast nur Freunde. Ja, wir hatten schon von Anfang an gespürt, dass da mehr ist, aber wir wollten es nicht wahrhaben, und ich war zu der Zeit noch mit einem anderen verlobt."

„Ich bin zum Glück nicht verlobt", freute sie sich.

„Und ich hatte auch schon länger keinen Partner mehr. Einmal war ich auch kurz verheiratet, aber das hat nicht lange gehalten. Jetzt habe ich die ganze Zeit meine Freiheit genossen, bin auch viel allein in der Welt herumgereist, wenn ich Urlaub hatte. Aber dieser Mann, der hat mich fasziniert."

„Wo haben Sie ihn kennengelernt?"

„Im Märchenpark, der ja glücklicherweise auch im Winter geöffnet ist. Da ist es wirklich romantisch. Ich traf ihn am Schwanenweiher."

„Dort ist es wirklich sehr schön", wusste ich. „Ein märchenhaftes Plätzchen."

„Der Fremde grüßte mich freundlich und meinte, ich sähe aus wie ein majestätischer Schwan, so als gehöre ich in das Bild hinein. Und ich sage Ihnen, auf Italienisch hört sich das noch viel hübscher an als in deutscher Sprache."

Ich lächelte. „Ich weiß. Ich liebe diese Sprache auch, sie ist so melodisch, sie ist auch für die Musik geschaffen."

Sie nickte mir zu, und in dem Moment wussten wir, dass wir einiges gemeinsam hatten.

„Sagen wir doch Du", schlug sie mir vor.

„Gern. Vielleicht finden wir noch mehr Gemeinsamkeiten. Und weil ich die Kunst liebe, bin ich auch froh, dass ich im Schloss bei dem berühmten Maler Moro Rossini und seiner Frau Adelaide wohnen kann. Seit die Kunststudenten bei uns im Seitentrakt wohnen, ist es noch interessanter geworden. Die Musiker unter ihnen geben uns öfter einmal ein Konzert. Sie freuen sich dann, dass sie gemeinsam üben können, und wir freuen uns über die Darbietung."

Sie erschrak. „Jetzt bin ich ganz vom Thema abgekommen. So lange wollte ich dich gar nicht aufhalten. Ich habe dir hier einen Lebenslauf von Verena aufgeschrieben. Alles genau notiert, die Daten, wann sie wo und mit wem gelebt hat. Alles bis zu dem Zeitpunkt, wo sie Brasilien verlassen hat, gewissermaßen als Waisenkind. Von da an fehlte jede Spur, und in dieser Zeit hat sie sich auch nicht mehr bei mir gemeldet. Ich habe auch nicht die geringste Ahnung, warum. Vor zwei Wochen war meine beste Freundin Luise in der ehemaligen Bundeshauptstadt Bonn und hat dort etwas in das Kulturleben hineingeschaut. Sie hat ein paar Leute kennen gelernt, war auf Konzerten und in Discos. Aber da muss es in der Nähe des Rheins eine Kaschemme geben, in der ziemlich üble Gestalten verkehren. Dort hat Luise meine Nichte gesehen, mit einem Kerl, der auf sie einen ziemlich kriminellen Eindruck machte. Sie hat sich dann meine Nichte noch einmal genau angeschaut, weil sie dachte, sie irrt sich vielleicht. Aber dann hat sie gehört, dass er sie mit Verena anspricht."

„Es wird mir nichts anderes übrig bleiben, als für ein paar Tage nach Bonn zu fahren", überlegte ich. „Siehst du das auch so?"

„Ich fürchte, ja. Einiges geht vielleicht schon über das Internet. Aber ich komme natürlich für all deine Spesen auf. Ich habe ein bisschen was gespart, und auch eine winzige Erbschaft gemacht. Um meine Nichte aus einem schlimmen Milieu heraus zu retten, ist mir nichts zu teuer."

„Es gibt ja auch Jugendherbergen, wo man preiswert übernachten kann. Kennt eigentlich noch jemand in Sankt Augustine deine Nichte?"

„Nicht viele Personen, glaube ich, liebe Abigail. Sie ist ja schon mit 8 Jahren von hier weggezogen.

Sie hatte wohl eine Freundin, als sie noch ein kleines Kind war, und das war Maria Tannenholz. Sie lebt seit einiger Zeit auf dem Gutshof von Jasmin und Senta Schirmer, weil sie Veterinärmedizin studiert und irgendetwas mit Pferden werden will."

„Warst du schon bei ihr, Irene?"

Ja, auch schon vor langer Zeit. Auch bei ihr hat sich Verena seit zwei Jahren nicht mehr gemeldet, den Kontakt völlig abgebrochen. Das hat mich auch sehr gewundert, weil die beiden immer unzertrennlich gewesen sind."

„Dann werde ich aber noch diese Maria besuchen, bevor ich nach Bonn fahre. Vielleicht hat sie doch noch den einen oder anderen Tipp für mich. Manchmal erzählen sich ja junge Mädchen doch eher untereinander mehr, als sie den Erwachsenen mitteilen."

„Das ist eine gute Idee, ich sehe schon, du machst deinen Job nicht zum ersten Mal. Dir traue ich schon zu, dass du ihr Geheimnisse entlocken kannst."

„Hast du denn eine Ahnung, in welche Berufsrichtung deine Nichte gehen wollte?"

„Als kleines Kind wollte sie immer Pastorin werden, später Balletttänzerin, und als sie mir zum letzten Mal schrieb, tendierte sie in Richtung Mode. Ich glaube aber, dass dies ein altersbedingter Wunsch war. Schließlich lebte sie dort bei ihren Pflegeeltern in recht ärmlichen Verhältnissen und hatte bestimmt Nachholbedarf an modischen Dingen. Die beiden sind dann kurz nacheinander auch gestorben, nachdem Verena nach Deutschland zurückgekehrt war. Also können wir uns von da auch keine Fragen beantworten lassen."

„Das ist mir im Moment auch etwas zu weit, und auch von den Spesen wahrscheinlich unbezahlbar. Ich denke, wenn Verena tatsächlich in Bonn lebt, oder um Bonn herum, dann muss sie auch dort in einem Ort gemeldet sein, und die Ämter werde ich einfach abklappern."

„Das kann manchmal Wochen dauern", wusste Irene. „Und ich als Tante bekomme nicht einmal eine Auskunft, weil ich keinen triftigen Grund habe, sie zu suchen. Es wird also sehr schwer für dich werden, Abigail."

„Mach dir keine Sorgen!" tröstete ich sie. „Ich komme bei solch einer Suche immer auf die verrücktesten Ideen. Und wie du schon gesehen hast, die Leute sind im Gespräch mit mir immer sehr offen. Du kannst dich also ohne Sorge auf dein nächstes Rendezvous mit dem netten Italiener freuen. Ich wünsche dir viel Erfolg. Ich hoffe, er wohnt in deiner Nähe, damit ihr euch oft sehen könnt."

„Ja, das tut er, er wohnt mit zwei Kollegen zusammen, ebenfalls bei Jasmin im Gutshof. Die hat seit einiger Zeit einige Fremdenzimmer zu Wohnungen umfunktioniert. Er hat es also nicht weit bis zu mir."

„Das freut mich für dich", sagte ich und stand auf.

„Dann will ich jetzt einmal alle Sachen zusammenpacken und mit meiner Arbeit beginnen."

Irene half mir beim Zusammenpacken der Unterlagen. „Ich wünsche dir ganz viel Glück bei deiner Suche. Und mach bitte keine gefährlichen Aktionen. Sollte Verena wirklich in einem kriminellen Milieu sein, dann sag mir Bescheid! Dann schalten wir sofort die Polizei ein."

„Natürlich, das verspreche ich dir. Ich habe von einigen vergangenen Situationen bei ähnlichen Suchen die Nase voll. Ich werde vorsichtig sein."

Wir verabschiedeten uns herzlich, so, als wären wir schon lange gute Freundinnen.

Draußen empfing mich eine angenehm milde Luft, würzig und nach lebendiger Erde duftend.

Ich spazierte durch die Altstadt von Sankt Augustine in südlicher Richtung, am Märchenpark vorbei die schmale asphaltierte Straße entlang, bis zu dem Gutshof der Zwillinge Schirmer.

An der Koppel links neben dem Parkplatz entdeckte ich einen Mann, der mir das Gesicht zuwandte. Ich entdeckte eine Ähnlichkeit mit Giorgio, Theresas Mann, von dem ich wusste, dass er zurzeit in Sankt Augustine arbeitete.

Er schien mich erkannt zu haben, laut rief er: „Buongiorno, carissima amica! Schön, dich wiederzusehen, liebe Abigail!"

Wir umarmten uns kurz und freuten uns über das zufällige Treffen. „Ich habe von Theresa und Moro gehört, dass du jetzt hier arbeitest. Schade dass du hier allein sein musst, Giorgio!"

„Ja, meine Frau ist leider in Catania, aber wir sind ja hier zu dritt. Da bin ich nicht ganz allein. Ich habe noch zwei Kollegen mitgebracht, die ihre Arbeit ebenfalls sehr gut verstehen, und die mir helfen, damit alles etwas schneller geht."

Ich dachte nach. Richtig, dann musste einer seiner beiden Kollegen Irenes neuer Bekannter sein. Sicher würde ich ihn noch kennenlernen. Wenn alles klappte, würde ihn mir meine neue Freundin bestimmt sobald wie möglich vorstellen. Ich entschloss mich, Giorgio nicht weiter danach zu fragen. Stattdessen blieb ich beim Thema Arbeit. „Und wie kommst du voran? Wie lange wirst du wohl bleiben?"

„So ein paar Wochen wird das schon noch dauern, vielleicht auch so drei bis vier Monate. Es lohnt sich aber in jeder Hinsicht. Das Projekt ist sehr vielversprechend und wird gut bezahlt. Außerdem kann ich zwischendurch einen kurzen Urlaub dazwischen schieben, Moro hat schon davon gesprochen. Und wer weiß, vielleicht kann mich auch Theresa einmal besuchen. Ihr habt euch gesehen?"

Ich nickte eifrig. „Ja, wir haben deine Frau besucht, und sie hat uns ihre neuesten Kunstwerke gezeigt. Sie hat ein großes Talent, und ich glaube, sie wird noch eine ganz berühmte Künstlerin."

„Sie ist wundervoll, und ich liebe sie sehr. Aber unser Schicksal scheint es zu sein, dass wir immer mal wieder getrennt werden. Gut, dann wird das Wiedersehen eben umso schöner. Aber was machst du hier? Willst du ausreiten oder die Zwillingsschwestern besuchen?"

„Weder noch. Ich suche Maria, die du bestimmt auch schon kennen gelernt hast. Von dieser jungen Studentin brauche ich ein paar Auskünfte."

Er lachte. „Willst du etwas von ihr lernen? Richtig, man ist nie zu alt dazu. Ich habe sie vorhin noch gesehen. Sie ist zum Joggen unterwegs, in Richtung Blumenviertel an der Vinigrette. Den Weg läuft sie jeden Tag, hin und zurück, du kannst sie gar nicht verfehlen."

„Danke dir, dann wünsche ich bei deiner Arbeit weiter viel Erfolg, und grüße bitte Theresa, wenn du mit ihr telefonierst."

In diesem Augenblick trat meine Freundin Jasmin aus dem Haus. In der einen Hand hielt sie einen Eimer, in der anderen einige Putzutensilien.

„Hallo, Abigail! Du bist wieder zurück aus dem Süden? Wie war es?"

Ich begrüßte sie mit einer Umarmung. „Grüß dich, Jasmin! Es war zauberhaft, ich kann dir Sizilien im Frühling nur empfehlen, es ist ein Traum. Es sieht so aus, als würdest du Frühjahrsputz machen."

Sie wehrte ab. „Nein, soweit bin ich noch lange nicht. Aber man hält sich halt immer so dran, auf so einem großen Gutshof kommt man nie zur Ruhe. Wolltest du mich besuchen?"

„Leider heute nicht. Ich suche Maria, an die ich ein paar Fragen habe. Giorgio hat mir schon gesagt, dass sie gerade joggen ist."

„Ja, die jungen Dinger von heute halten sich fit, und viele sind sehr sportlich. Wir haben da ein paar

Jährchen mehr drauf, aber mich hält die Arbeit auch gelenkig. Giorgio und du, ihr kennt euch ja von Sizilien her. So ein Wiedersehen ist bestimmt immer wieder schön."

„Richtig", fand Giorgio. „Und ich werde Abigail und Ermanno immer dankbar sein, dass sie damals gemeinsam mit Theresa meine Unschuld nachweisen konnten. Sollen wir das Wiedersehen heute Abend zu dritt gemeinsam feiern?"

„Das müssen wir verschieben", bedauerte ich. „Hab gerade wieder einen neuen Auftrag, da möchte ich meinen Klienten nicht unnötig warten lassen. In den nächsten Tagen werde ich wohl in Bonn sein, um dort Recherchen zu machen. Aber wenn ich wieder zurück bin, komme ich gern darauf zurück. Vielleicht eine kleine Feier bei den Rossinis im Schloss, und du, Jasmin, kommst dann mit Niklas ebenfalls?"

„Gern. Das ist dann wieder einmal eine willkommene Abwechslung in den dann doch noch oft trüben winterlichen Tagen. Viel Schnee hatten wir in diesem Jahr, da sehnt man schon einmal den Frühling herbei."

Ich verabschiedete mich von Jasmin und Giorgio und spazierte den Weg entlang in Richtung Blumenviertel, wo die meisten alten Pfahlbauhäuser ihren Winterschlaf hielten.

Die Bäume gähnten mir kahl entgegen, nur der eine oder andere Weidenbusch zeigten mir seine vorwitzigen Räupchen.

Die junge Frau, die mir kurz vor Gretas, noch unrenoviertem Pfahlbau-Häuschen entgegenkam, verbreitete trotz des milden Winterwetters beim Atmen kleine Nebelwolken. Der blonde Pferdeschwanz wirkte beim Laufen hin und her.

Unhöflich stellte ich mich ihr in den Weg, sodass sie anhalten musste. Befremdet sah sie mich an.

„Gibt es etwas Wichtiges?"

„ Guten Tag! Sind Sie Maria Tannenholz?"

Sie nickte. „Richtig. Was möchten Sie von mir?"

„Es geht um ein paar Fragen wegen ihrer Freundin Verena Bosch. Darf ich Sie gleich einmal aufsuchen, wenn Sie mit dem Joggen fertig sind?"

Ihr Blick zeigte immer noch Verwunderung. „Wer sind Sie? Und um was geht es? Ich habe Verena seit Jahren nicht mehr gesehen und auch nichts mehr von ihr gehört."

„Mein Name ist Abigail Mühlberg, ich bin Journalistin und hier in Sankt Augustine schon etwas bekannt, weil ich bei mehreren Kriminalfällen hilfreiche Recherchen getätigt habe. Verenas Patentante hat mich gebeten, Verena zu suchen."

„Okay, dann laufe ich jetzt in meinem gewohnten Tempo wieder zurück und dusche mich schon einmal. Sie können mich dann gern gleich im Gutshof besuchen. Aber ich glaube nicht, dass ich Ihnen helfen kann."

„Das kann man manchmal nicht so im Voraus sagen. Vielleicht wissen Sie noch irgendwelche Hobbys oder Vorlieben, die einen Hinweis geben könnten, in welchen Kreisen sie sich gern aufhält. Wir werden es sehen. Aber erst einmal vielen Dank!"

Bevor sie weiter lief, drehte sie sich noch einmal zu mir um. „Haben Sie den Tierarzt Dr. Clemens Lang im Gutshof gesehen? Ist er wieder zurück von seinem Patientenbesuch?"

Jetzt sah ich sie überrascht an. Ich kannte Clemens gut. Er war ein sehr guter Tierarzt und der größte Charmeur und Casanova von Sankt Augustine. In den wenigen Jahren seit ich hier wohnte, hatten sich schon etliche Frauen unsterblich in ihn verliebt. Und als ich damals hierher gezogen war, hatte auch er versucht, mich anzubaggern. Ob sich diese junge Studentin in den schon etwas reiferen Möchte – Gern - Kavalier verliebt hatte?

Maria schien meine Gedanken erraten zu haben.

„Nicht, was Sie denken! Ich habe zu Hause ein krankes Häschen, das wollte ich ihm unbedingt heute noch vorstellen."

„Tut mir leid! Ich habe ihn gar nicht gesehen. Ich hatte so viel anderes im Kopf, da habe ich auch nicht darauf geachtet, ob sein Auto dastand."

Sie hob die Schultern kurz. „Kann man nichts machen. Bis später!"

Während sie beim Zurücklaufen einen schnelleren Takt anschlug, schlenderte ich gemütlich durch den kleinen, entlaubten Wald des Blumenviertels.

Vor Gretas Haus hielt ich kurz an. Ich freute mich für die junge Frau, dass sie mithilfe des Bürgermeisters für den Erhalt des historischen Häuschens sorgen konnte. Wenigstens in dieser Hinsicht hatte sie Glück gehabt. Ganz anders, als in der Liebe. Innerhalb kürzester Zeit hatte sie sich in mehrere der schlimmsten Machos verliebt, immer heftig und immer aussichtslos. Da half ihr auch ihr Beruf als Psychologin nichts. Selbst wenn man in seinem Fachgebiet sehr kompetent ist, muss man sich nicht unbedingt in diesem Bereich selbst helfen können. Ich entdeckte leichten Rauch, der aus dem Kamin nach oben strebte.

Dann war sie also zu Hause. Trotzdem entschied ich mich, ihr jetzt keinen Besuch abzustatten, weil es mich drängte, endlich mit der Suche nach Verena zu beginnen.

***

Als ich an der Zimmertür von Maria Tannenholz klopfte, hatte sie bereits geduscht und uns einen Tee zubereitet, den sie uns in japanische Teetassen einschenkte.

„Hübsche Tassen", bemerkte ich, nachdem ich mich neben sie auf das Sofa gesetzt hatte. Mein schneller Blick auf die Einrichtung zeigte mir, dass sie ein sehr ordentlicher Mensch zu sein schien.

„Und diese Tassen habe ich von meiner Patentante geerbt", erzählte sie mir schmunzelnd. „Sie sind furchtbar altmodisch, aber sie hat sie mir geschenkt, als ich noch ein Kind war, zu der Zeit müssen sie wohl Mode gewesen sein. Und Verena und ich haben uns damals darin Kakao gemacht."

„Sie waren gute Freundinnen?"

„Wir waren unzertrennlich, deshalb bin ich jetzt auch so sauer auf sie. Früher waren wir jeden Tag zusammen. Und als sie dann wegzog, haben wir trotzdem die Verbindung gehalten, was ich sehr ungewöhnlich finde. Wir haben uns Briefe geschrieben, bis wir 18 Jahre alt wurden und sie dann wieder nach Deutschland zurückkam."

„Wissen Sie, warum sie wieder zurückkam?"

„Das letzte, was sie mir mitteilte, war, dass sie dort einen Deutschen kennengelernt hatte, mitten in Brasilien. Er war wohl nur vorübergehend dort, machte irgendwelche Geschäfte. Er war ein paar Jahre älter als sie. Und er hat ihr einen tollen Job versprochen, wenn sie mit ihm nach Deutschland kommt. Als ich sie dann etwas näher über diesen Typen ausfragen wollte, hat sie mir nicht mehr geantwortet. Ich weiß nur noch seinen Vornamen, er hieß Oliver. Und sie erwähnte, dass er noch Geschwister hat, darunter auch noch einen Bruder. Ich weiß nicht einmal, aus welcher deutschen Stadt er kam."

„Kann es Bonn gewesen sein?"

„Tut mir leid, Frau Mühlberg! Sie hat mir wirklich keine Stadt genannt. Sie hat sehr geheimnisvoll getan. Am Anfang habe ich gedacht, dass es vielleicht eine Überraschung sein soll. Ich nahm an, dass sie vielleicht wieder zurück nach Sankt Augustine kommt. Aber später, als ich nichts mehr von ihr hörte, nahm ich dann an, dass ihr der neue Freund vielleicht den Kontakt zu mir verboten hat. Ich habe dann später noch einmal mit ihren Pflegeeltern gesprochen, als sie noch lebten, aber sie hatte den Kontakt mit ihnen auch völlig abgebrochen."

Ich seufzte. „Dann kommen wir in dieser Richtung also nicht weiter. Aber vielleicht können Sie mir ein bisschen von der Zeit davor erzählen. Was haben sie als Kinder am liebsten gespielt und welche Hobbys hatte sie."

„Als wir klein waren, sind wir zusammen zum Ballettunterricht gegangen. Später haben wir viel zu Hause nach irgendeiner Musik herumgetanzt. Einfach nur so ohne Konzept. In der Schule hat sie immer gerne etwas vorgetragen, Gedichte oder so. Und in einer Laienspielgruppe waren wir auch. Dabei war sie auch ganz gut. Sie konnte jede Rolle spielen, und ich habe mich später gefragt, ob sie auf der Suche nach sich selbst war. Sie können mir glauben, in der Zeit, als sie verschwunden war, habe ich mir sehr viele Gedanken über sie gemacht, auch nach den Motiven ihres Verschwindens. Immerhin hat sie ja die Eltern früh verloren. Und über die Pflegeeltern hat sie nie viel gesagt, nicht viel Gutes, aber auch keine Beschwerden. Ich habe mir dann gedacht, dass sie sich da nicht wirklich heimisch gefühlt hat."

„Das ist ja schon eine ganze Menge, was Sie über sie wissen. Und wie war das dann später, als sie älter wurde? Haben Sie eigentlich aus dieser Zeit noch Briefe von ihr?"

„Das tut mir leid", meinte sie bedauernd. „Wenn ich gewusst hätte, dass sie einmal bei der Suche helfen könnten, dann hätte ich sie nicht weggeschmissen. Aber ich war so wütend, nachdem ich merkte, dass sie den Kontakt mit mir ganz abgebrochen hatte, da habe ich alle Briefe von ihr erst feinsäuberlich zerrissen und danach verbrannt."

„Haben Sie noch irgendein Geschenk von ihr?"

„Ja, da habe ich noch etwas. Es ist ein Armband, das hat sie mir einmal aus Brasilien geschickt. Ich glaube, da waren wir so ungefähr 13 Jahre alt. Unsere beiden Namen sind darauf eingraviert mit zwei Herzen. Und wir haben uns damals geschworen, dass unsere Freundschaft für immer sein sollte."

„Darf ich mir davon ein Foto machen?"

„Sie dürfen es sogar mitnehmen. Falls Sie sie finden, dürfen Sie es ihr auch zeigen. Vielleicht findet sie dann in ihre Vergangenheit zurück. Und was wollen Sie jetzt tun? Haben Sie denn irgendeinen Anhaltspunkt?"

„Vermutlich. Jemand will sie in einer Stadt gesehen haben, in die ich morgen fahren werde, um dort zu recherchieren."

„Dann lebt sie also auf jeden Fall? Manchmal hatte ich nämlich schon befürchtet, dass ihr etwas passiert ist. Aber Deutschland ist groß, wo hätte ich suchen sollen? Und von dort ist man auch schnell wieder weg, wenn man so einen weiten Umzug schon zweimal gemacht hat."

„Können wir miteinander in Verbindung bleiben, falls ich noch Fragen an Sie habe?"

„Das können Sie. Und ich glaube, ich habe jetzt gerade das Auto von Clemens gehört. Dann muss sich schnell mit meinem Häschen zu ihm. Vielleicht setzen wir unsere Unterhaltung ein andermal fort?"

„Ich glaube, ich weiß jetzt auch erst mal für den Anfang genug. Wo ist denn Ihr krankes Häschen?"

„Es ist gerade bei Jasmin, die wollte sich solange darum kümmern, bis Clemens wiederkommt." Als sie den Namen nannte, färbten sich ihre Wangen ein wenig rosa. „Denken Sie sich jetzt nichts dabei, dass ich ihn mit dem Vornamen nenne. Im Gutshof hier sind wir alle per Du, auch die netten Italiener aus dem sonnigen Süden. Und Clemens ist einfach charmant. Mit ihm kann man wunderbar flirten."

„Hm", machte ich, „wunderbar, im wahrsten Sinne des Wortes. „Da kann man wohl alles erleben, worüber man sich wundern könnte."

Meine Worte hatten ihr Interesse geweckt. „Was wissen Sie denn über ihn? Hatten Sie auch mal was mit ihm?"

„Zum Glück nicht, aber als ich ihn kennenlernte, war er schon stadtbekannt dafür, dass er nichts anbrennen lässt. Er hat mit mir geflirtet, und ich finde, er ist ein Typ, der gerne Eroberungen macht. Mir hat er damals schon erklärt, dass er keine feste Beziehung will, geschweige denn, danach sucht."

„Ich will auch nichts von ihm", sagte sie leichthin.

„Er ist doch schon über 40, und so ein alter Knacker ist doch nichts für mich."

„Etwa mein Alter", gestand ich ihr. „Aber jetzt will ich gehen, damit ihr Häschen bald Hilfe bekommt."

Sie kramte eilig ein Kästchen aus einer Schublade und reichte es mir. „Vergessen Sie das nicht. Vielleicht können Sie damit bei Verena vergessene Emotionen wecken."

Nachdem ich das Kästchen eingesteckt hatte, verabschiedete ich mich eilig.

„Kommen Sie mit mir, Frau Tannenholz? Wir haben ja den gleichen Weg hier durch den Korridor?"

„Ich muss mich noch etwas frisch machen", meinte sie und sah verlegen zur Seite.

Sie will sich noch einmal schminken und stylen, kam es mir in den Sinn, und ich hoffte, dass sie nicht wirklich verliebt war in Clemens.

Darüber dachte ich noch eine Weile während meines Heimwegs zum Schloss nach. Aber dann schob ich diese Gedanken energisch beiseite. Wenn sie sich tatsächlich in Clemens verliebte, konnte es niemand ändern, auch die Enttäuschung und den Schmerz konnte ihr niemand ersparen. Sie musste ihren eigenen Weg gehen. Aber vielleicht sah ich auch Gespenster. Vielleicht gehörte sie auch zu den jungen Frauen, die selbst Spaß an einem unverbindlichen Flirt oder einer kleinen Affäre hatten.

Als ich ins Schloss kam, lud mich Adelaide zu einem Mittagsimbiss in die Schlossküche ein, wo mich zu meiner Freude wie immer die Kupferkessel blinkend begrüßten.

„Bernhard ist gerade mit Moro unterwegs wegen einer Untersuchung beim Augenarzt. Eigentlich wollte ich mitfahren, aber die beiden meinten, sie kämen schon ohne mich klar, ich solle mich lieber etwas ausruhen."

„Geht es dir etwa nicht gut?" fragte ich besorgt.

„Ach, ich habe nur ein wenig Magenprobleme. Das kommt bei mir schon ab und zu einmal vor, wenn ich mir zu viele Sorgen mache. Und in den letzten Tagen über Moros Gesundheit, die war doch weit weniger gut, als ich es erhofft hatte. Im Moment ist er so tapfer. Er hat so viele Schmerzen, aber er jammert gar nicht. Im Gegenteil, er sagt mit täglich, wie froh er ist, dass er mich hat."

„Das ist doch schön, liebe Ada. So zeigt er dir immer wieder, wie sehr er dich liebt."

„Auf der einen Seite, ja. Aber du kennst ihn ja auch noch von früher, da war er nicht immer so sanft. Zu mir schon, gewiss. Aber da hat er schon mal gewütet, wenn er über die Fehler der Kirchenvertreter schimpfte oder wenn es um Menschen ging, die Tiere misshandelten. Wenn er so ganz sanft ist, dann fürchte ich immer, dass er nicht mehr an ein langes Leben glaubt, und sich in gute Erinnerung bringen will."

„Mach dir nicht allzu viele Sorgen, Adelaide! Ich glaube, solange er dich hat, will er auch noch leben."

„Das sagt er mir auch immer so, Abigail. Aber jetzt berichte einmal, was du inzwischen über Verena herausbekommen hast!"

Während wir den hausgemachten Krabbensalat mit leicht geröstetem Buttertoast aßen, erzählte ich ihr, was ich am Vormittag erlebt hatte.

„Da hast du ja jetzt etwas zu tun", fand sie. „Wann willst du los?"

„Gleich morgen früh. Heute Abend möchte ich mit Ermanno noch ein bisschen Abschied feiern. Es war so schön in den letzten Wochen, besonders auf Sizilien, was wir beide sehr genossen haben. Da fällt es mir ganz schön schwer, ihn jetzt allein zu lassen."

„Das kann ich mir gut vorstellen. Soll ich dir gleich beim Packen helfen. Ich habe jetzt sowieso nichts zu tun, solange Bernhard und Moro noch unterwegs sind. Carla hatte heute Morgen einige Studenten und Studentinnen zusammengetrommelt, mit denen hat sie dann eine Art Hausputz veranstaltet. Sie kommt wirklich immer auf die praktischsten Ideen."

Ich nickte. „Sie ist ein Schatz und sehr liebenswert. Ich denke, sie wird bald wieder ein Jubiläum feiern."

„Ein Jubiläum? Was gibt es denn besonderes?"

„Sie ist jetzt sechs Monate mit Bernhard zusammen, und nach drei Monaten hat sie auch mit ihm ein Jubiläum gefeiert."

Adelaide lachte. „Aber nicht heute Abend. Da hat sie einen großen Spieleabend arrangiert. Da gibt es alles von Mau-Mau bis hin zum Schach und anderen lustigen Gesellschaftsspielen. Aber ich nehme an, dass du dich dann mit Ermanno ausschließen wirst. Ihr wollt doch dann lieber noch ein bisschen allein sein."

„Ich werde es Ermanno überlassen, wozu er heute Abend Lust hat. Gut, wenn du mir durchaus helfen willst, und dich lieber nicht mal für ein Stündchen ausruhen willst, dann freue ich mich, wenn ich beim Packen Gesellschaft habe."

Ein paar Minuten später liefen wir in der kleinen Dachwohnung hin und her, um alles in einem Koffer und zwei Taschen zusammenzutragen, was ich mitnehmen wollte. Sie riet mir, die warme Bekleidung nicht zu vernachlässigen, da man mit dem milden Wetter keine festen Verträge schließen konnte. Wie immer hatte ich mir eine Liste gemacht, die man abstreichen konnte, und so hatten wir bald alles Notwendige zusammen.

„Was hast du für Pläne?" erkundigte sie sich bei mir, als wir fertig waren.

„Irene hat mir sehr viel aufgeschrieben. Einen Stadtplan von Bonn brauche ich mir nicht zu kaufen, dafür gibt es heute das Internet. Ich werde in der Jugendherberge schlafen, die ist auf dem Venusberg. Das war früher die exklusive Gegend der Politiker, als Bonn noch Bundeshauptstadt war, dort wohnten alle Promis. Und als nächstes werde ich in diese Kneipe gehen, in der Verena gewesen sein soll. Dort werde ich mich nach ihr erkundigen. Danach werde ich wohl auch die Meldeämter abklappern und vielleicht auch noch ein paar andere Cafés und Clubs, wo man junge Menschen antrifft."

„Und du brauchst keine Hilfe?"

„Ich werde auf keinen Fall im kriminellen Milieu ermitteln. Das ist mir auch zu heiß. Wenn mir etwas verdächtig vorkommt, gehe ich zur Polizei. Und falls ich sonst noch Hilfe brauche, könnte mich Ermanno am nächsten Wochenende eventuell besuchen."

„Das hört sich doch gut an", machte sie mir Mut.

Ich holte selbstgebackene Weihnachtsplätzchen aus der Gebäcksdose und bot sie Adelaide an. „Magst du einen Kaffee dazu?"

„Lieber einen Tee, danke!" Sie setzte sich auf den Sessel. „Ich denke, Moro wird auch gleich zurückkommen."

Ich lächelte ihr zu. „Ich kann dich verstehen, ihr musstet euch so viele Jahre vermissen, da wollt ihr euch jetzt kaum aus den Augen lassen."

Sie nickte. „35 Jahre sind eine lange Zeit. Da genieße ich jetzt jede Minute mit ihm. Ich glaube, da höre ich etwas."

Jetzt höre ich es auch, Schritte näherten sich auf der Treppe. Ich öffnete die Tür und erkannte Bernhard.

„Ich habe Moro schon ins Schlafzimmer gebracht", berichtete er Adelaide. Nach der Autofahrt und dem ganzen Drumherum, war er etwas angeschlagen. Er liegt jetzt auf dem Bett und ruht sich aus."

Adelaide verabschiedete sich eilig von mir. „Vielleicht sehen wir uns ja noch später, falls ihr Lust auf den Spieleabend habt. Und ansonsten morgen früh, ich packe dir noch einen Reiseproviant."

Ich winkte ihr zu und wandte mich dann an Bernhard. „Ist alles gut gelaufen?"

„Es könnte besser sein. Auf dem einen Auge ist Moro fast blind, zum Glück erkennt er mit dem anderen noch etwas. Das ist zwar schon länger so, aber man hofft immer, dass es doch noch Möglichkeiten gibt, etwas zu ändern. Bei Moro kann man nicht einmal mit einer Operation etwas verbessern."

„Das ist so traurig. Ein Alter in Gesundheit ist den beiden nicht gegönnt. Ich bin nur froh, dass Ada noch relativ fit ist. Sie ist ihrem Mann eine große Hilfe, gut, dass sie ein paar Jahre jünger ist als er."

„Okay, Abigail, und wie geht es jetzt bei dir weiter?"

„Morgen geht es nach Bonn, und da kann ich schon ein Stückchen Glück gebrauchen."

„Das wünsche ich dir, schließlich hast du uns auch Glück gebracht. Fährst du mit dem Zug?"

„Nein, mit dem Auto. Da kann ich mich dann doch in Bonn freier bewegen. Ich weiß ja nicht, in welchem Umkreis ich da herumfahren muss."

„Eine teure Angelegenheit" fand er. „Geht das alles auf Spesen?"

„Ja, denn es ist Frau Kelly unheimlich wichtig, dass ich ihre Nichte finde."

„Hätte sie dann nicht lieber einen Detektiv nehmen sollen?"

„Der ist noch viel teurer, denn ich berechne ja nur die Spesen."

„Du machst alles andere umsonst?" wunderte er sich.

„Dafür habe ich bis jetzt noch niemals Geld genommen. Ich habe meinen Laptop mit dabei, was ich sonst noch tun muss, kann ich auch dort in den Stunden, in denen ich nicht recherchiere. Und wenn es zu viel wird, nehme ich mir einfach noch etwas Urlaub. Diese Sache liegt mir jetzt am Herzen.“

„Und woran arbeitest du im Moment hauptberuflich?“

„Mein genialer Chef hatte mir den Auftrag erteilt, ein Buch über Sankt Augustine zu schreiben. Dabei hat er mir ziemlich viel freie Hand gelassen. Da dürfen auch bekannte Persönlichkeiten drinstehen. Rossini ist wieder dabei. Ein Kapitel soll auch der Vergangenheit gewidmet sein. Da kann ich dann immer ganz gut im Internet recherchieren. Also, du siehst, ich kann hier meine zweite Heimat ohne Bedenken morgen verlassen.“

„Deine zweite Heimat, ja. Aber Ermanno?“

„Aber ja. Vor Weihnachten war er auch ein paar Tage in Italien bei Verwandten. Das klappt bei uns prima. Mach dir da keine Sorgen um uns!“

Er drohte mir mit dem Finger. „Sei da nicht zu leichtsinnig. Ich würde Carla nicht solange allein fortlassen."

„Wir sind da eben etwas fortschrittlicher, und wir vertrauen uns."

Dafür fand er auch kein Gegenargument, winkte mir zum Abschied zu und stieg die Treppen hinunter.

***

Am Abend nahmen wir gemeinsam zwei Stunden am Spieleabend im Salon teil, gemeinsam hatten Ermanno und ich zu diesem Kompromiss gefunden, und den Rest des Abends verbrachten wir am Kamin in Moros Atelier. Rossini selbst hatte uns eine besondere Flasche Wein aus seinem gut sortierten Weinkeller ausgesucht und uns für unseren privaten Abschiedsabend bereitgestellt.

Ermanno erzählte mir von seiner heutigen Vorlesung und einigen wissbegierigen Studenten, die seine besondere Hilfe in Anspruch genommen hatten, um die Prüfungsarbeiten besser bewältigen zu können.

Zum Bericht meines Tages hatte er einige Fragen.

„Hast du auch Fotos von Verena aus der neueren Zeit? Wirst du auch mit einem Foto herumgehen und suchen."

„Nein, das wollte ich vorerst nicht. Ich habe verschiedene Fotos, und sie sieht darauf auch sehr unterschiedlich aus. Ich werde wohl das letzte benutzen, um sie zu suchen. Aber ich will zunächst einmal nicht zu viel Staub aufwirbeln."

„Und willst du mit deinem eigenen Namen recherchieren? Mittlerweile bist du doch schon für die Lösung einiger Kriminalfälle über Sankt Augustine hinaus bekannt, man könnte stutzig werden, wenn man weiß, wer du bist."

„Ich glaube, das werde ich von Fall zu Fall unterschiedlich handhaben. Ich denke, dass ich in dieser komischen Kneipe sicherlich meinen privaten Namen nicht preisgeben werde, es sei denn, dass ich meinen Ausweis zeigen muss. Diese Bar heißt „Alter Bonner Biertreff", und das hört sich für mich nicht wie ein Künstler-Club an. Irene deutete übrigens an, dass Verena auch einiges vom

Künstler-Blut der Familie geerbt habe. Dazu hatte sie Neigungen, als sie klein war."

„So etwas ändert sich in der Kindheit häufig", meinte er. „Vielleicht liebt sie inzwischen Autorennen. Und ruf mich auf jeden Fall an, bevor du dich in undurchsichtiges Milieu begibst! Wenn sie einfach nur in Künstlerkreisen ist, wird es relativ harmlos sein, vielleicht gibt es da wie überall auch das eine oder andere schwarze Schaf. Aber dort kannst du sicher noch ohne Polizei agieren."

„Vielleicht sollte ich mir zuerst einmal die Kneipe näher ansehen, ohne nach Verena zu fragen. Am besten gehe ich ein paar Tage hintereinander dorthin, damit ich nachschauen kann, von welchen Leuten sie frequentiert wird."

„Vielleicht findest du dort auch noch jemanden, mit dem du da hineingehen kannst. Du findest doch immer sehr schnell Anschluss. Irgendeine nette Frau oder einen sympathischen Mann", schlug er mir vor.

„Das dürftest du jetzt nicht Bernhard hören lassen", sagte ich und lachte. „Er kann es gar nicht verstehen, dass du mich allein nach Bonn fahren lässt. Er versteht nicht, dass du dann nicht eifersüchtig bist."

Er grinste. „Wer sagt denn das? Wer sagt denn, dass ich nicht eifersüchtig bin? Aber ich glaube einfach an uns. Wir beide haben doch wie Adelaide und Moro herausgefunden, dass uns so etwas kein zweites Mal begegnen wird."

„Bestimmt nicht", versicherte ich ihm. „Ich habe viele Jahre lang gar nicht geglaubt, dass sich zwei Menschen so finden können wie wir. Es ist wirklich so wie bei den Rossinis."

Er nahm meine Hand und schenkte mir ein Lächeln. „Adelaide erzählt es oft, die sahen sich in die Augen und wussten, das ist es, und es fühlt sich immer an wie schicksalhaft. Was hältst du davon? Sollen wir uns jetzt den Rest des Weines mit hinauf nehmen. Da haben wir es dann noch etwas privater."

Das Feuer im Kamin war inzwischen ausgegangen, ohne dass wir es bemerkt hatten.

„Viel privater", stimmte ich ihm zu und stand auf. Wir nahmen den Wein und die Gläser, schauten uns noch einmal um, ob wir in der besonderen Atmosphäre des Ateliers keine Unordnung hinterlassen hatten und verließen den Raum.

„Und jetzt einen Schmusesong", schlug ich vor, als wir in unserer kleinen Wohnung angekommen waren. Er ließ mich gewähren, und ich fand in unserer CD-Sammlung romantische Oldies, die unserer momentanen, sentimentalen Stimmung entsprachen.

Amor musste uns nicht mehr mit seinem Pfeil treffen und auch nicht mehr küssen, um eine erotische Spannung zwischen uns herzustellen. In dem Augenblick, als wir uns berührten, sprang der elektrische Funke zwischen uns über, und Ermanno, dem es noch nie an Fantasie gemangelt hatte, trug mich ins Schlafzimmer. Dort legte er mich sanft aufs Bett, das er immer das „Letto grande d'amore" nannte und vertiefte sich in das Hobby, das er sein liebstes nannte, nämlich, mich zu küssen.

So ist es denn auch verständlich, dass ich nicht mehr die Uhrzeit weiß, wann wir eingeschlafen sind, und ich schlief traumlos und glücklich in seinem Arm bis zum frühen Morgen, als der summende Ton des Weckers mich zu nerven begann.

Ich erinnerte mich schnell daran, dass Ermanno pünktlich zur Universität fahren musste, betätigte die Kaffeemaschine und weckte meinen Liebsten.

Jetzt hatten wir es beide eilig. Wir wechselten uns mit dem Bad ab, kümmerten uns um die Morgentoilette und gönnten uns danach noch eine gemeinsame Tasse Kaffee.

Ermanno blickte auf die Küchenuhr, und auch ich entdeckte an der fortgeschrittenen Zeit, dass es jetzt keine lange Abschiedszeremonie mehr geben durfte.

Einen langen innigen Abschiedskuss gönnten wir uns dennoch, dann schnappte Ermanno seine Tasche und seinen Mantel und eilte hinaus, ohne sich noch einmal umzublicken.

Ich wusste es, er hasste lange Abschiede mit langem Winken, und ich sah ihm etwas bedrückt nach.

Während ich die letzten Vorbereitungen für die Reise traf, fragte ich mich selbst, warum ich diesen Auftrag. so weit von hier, von Ermanno, angenommen hatte. War das gut so? Wollte ich jemandem helfen oder mir etwas beweisen, oder beides?

Während ich noch mit meinem Gedankenkarussell beschäftigt war, klopfte es an der Tür. Ich entdeckte Adelaide, als ich nachsah, wer mich so früh besuchen wollte.

Sie hatte ein großes Proviantpaket für mich gepackt. „Es ist all das darin, worauf man auf einer langen Fahrt Appetit hat. Sogar der obligatorische Kartoffelsalat und gebratenes Hühnchen."

Nachdem ich alles gut verstaut hatte, begleitete sie mich bis zum Schlosstor, umarmte mich noch einmal herzlich, wünschte mir eine gute Reise und gutes Gelingen.

Im Rückspiegel sah ich, dass sie mir lange nachwinkte.

***

Unzählige Baustellen hinderten mich an einer zügigen Fahrt, es tröstete mich lediglich, dass ich keinen bestimmten Termin einzuhalten hatte. Das Zimmer in der Jugendherberge war vorbestellt, dorthin lenkte ich zuerst den Wagen, nachdem ich in Bonn angekommen war.

Ein wenig im Wald versteckt fand ich das große Gebäude am Rand des Erholungsgebietes Kottenforst, heute voller scheinbarer idyllischer Wanderwege, aber bei näherem Hinschauen noch gezeichnet vom letzten Weltkrieg mit unzähligen Bombenlöchern und Resten von Schützengräben.

Auf einem großen Parkplatz neben dem langen Gebäude stellte ich mein Auto ab und begab mich zur Rezeption der Jugendherberge.

Die freundliche Frau hatte gerade Zeit, sie führte mich selbst zu meinem karg, aber sauber eingerichteten Zimmer, immerhin hatte es eine eigene Dusche und eine Toilette, die mir ebenfalls frisch geputzt entgegenblinkten.

„Können Sie mir vielleicht auch ein paar Tipps für den Aufenthalt in Bonn geben?" fragte ich sie, um ihre Hilfsbereitschaft zu testen.

„Aber gern. Ich stelle Ihnen gleich etwas zusammen und lege Ihnen ein paar Prospekte bei. Hier auf dem Venusberg gibt es auch ein paar nette Ausflugslokale, die Waldau zum Beispiel. Das ist ein Gartenrestaurant mitten im Wald mit einem großen Spielplatz für Kinder und einem Freigehege. Dort gibt es Rehe und Hirsche und auch Wildschweine, die man da gut beobachten kann. Am entgegengesetzten Ende vom Venusberg gibt es ein Hotel mit einem Restaurant, von dort aus hat man eine herrliche Aussicht. Man kann da über die ganze Stadt sehen bis hin zum Siebengebirge, und mittendrin liegt der Rhein, der zieht sich wie ein breites Band von Osten nach Westen, jedenfalls sieht das von dort oben so aus. In Wirklichkeit fließt er von Süden nach Norden. Bei klarem Wetter kann man weit den Rhein hinauf und hinunter schauen. Aber wenn Sie in Bonn selbst etwas unternehmen wollen, da kann ich Ihnen sehr viele Tipps geben. Was haben Sie denn besonderes vor?"

„Ich werde mich mit einer jungen Bekannten treffen. Sie ist auch nicht aus Bonn, sonst hätte ich sie selbst gefragt. Wohin führt man denn eine so junge Frau aus, so nachmittags und abends?"

„Oh, da gibt es so viele Möglichkeiten. Es kommt natürlich darauf an, wofür sich die junge Dame interessiert. Wir haben da das Beethoven-Haus in der Bonngasse, dort ist der Komponist Beethoven geboren. Wir haben außerdem auch noch das Poppelsdorfer Schloss, da gibt es dann im Frühjahr und im Sommer herrliche Blumen im Botanischen Garten. Im Schloss selbst ist eine große Edelsteinsammlung in einem Museum zu betrachten.

Bekannt ist Bonn auch für die alten Eissalons, die zum Teil noch von echten Italienern geführt werden, seit vielen Jahrzehnten."

„Das hört sich wirklich gut an. Da kann man also wirklich eine ganze Menge unternehmen. Und wenn sie einmal unter Leute möchte, tanzen zum Beispiel oder in einen Club?"

„Da kenne ich mich nicht so gut aus, aber ich gebe Ihnen eine Liste. Da haben sie nämlich eine große Auswahl. Ich bin mehr so für die Natur. Tagsüber sehe ich bei meiner Arbeit ja genug Leute, da bin ich froh, wenn ich es mir abends in meiner Wohnung etwas gemütlich machen kann."

„Das kann ich gut verstehen. Dann sage ich Ihnen erst einmal vielen Dank!" Ich stellte mein Gepäck in den kleinen Raum, folgte ihr zur Rezeption und füllte alle notwendigen Formulare aus.

Nachdem ich mich etwas frisch gemacht hatte, spazierte ich durch den kleinen parkähnlichen Garten und etwas später eine lange Hauptstraße entlang, auf denen mir Häuser der Zwanzigerjahre entgegenblickten.

Etwas später entdeckte ich auf meinem Rundgang die Universitätskliniken, die auf dem Gelände einer ehemaligen Kaserne errichtet waren. Dabei fand ich ein kleines Café, in dem ich mir eine Tasse heiße Schokolade und ein Stück Käsekuchen bestellte.

Es dämmerte bereits, als ich den Rückweg antrat und mich nach der Fahrt wieder soweit fit fühlte, dass ich meinen ersten Vorstoß in die Innenstadt Bonns wagen konnte.

Frau Schmidt, so hieß die nette Dame an der Information riet mir, den Bus zu nehmen, da es in den großen Parkhäusern der Innenstadt am Abend ihrer Meinung nach nie so gemütlich sei. Das konnte ich gut nachvollziehen und wählte den Bus, der in kurzen Abständen den Venusberg befuhr.

Es dauerte etwa 25 Minuten bis ich in dem gut gefüllten Verkehrsmittel am Bahnhof ankam, von dort aus orientierte ich mich über die Karte in meinem Handy und suchte gleich den „Alten Bonner Biertreff" auf, den ich in der Nähe des Rheinufers fand. Immerhin, es gab keine Türsteher und keinen verschlossenen Eingang. Wie ein ganz normaler Gast konnte ich in das Innere des Lokals gelangen. Hier musste ich mich allerdings erst einmal an das Halbdunkel gewöhnen, kleine

Wandlampen mit matten Glühbirnen verbreiteten nur wenig Licht.

Das Lokal war gut besucht, und ich schaute mich interessiert um. In einer Ecke spielte eine Band zeitlose Songs, daneben tanzten einige Paare. Auf der anderen Seiten des Raums saßen dicht gedrängt die Gäste an kleinen Tischen und tranken vorwiegend Bier. Auch an der Theke, die sich rundherum mit Pärchen und Singles schmückte, trank man Bier in großen Gläsern. Von Verena war weit und breit nichts zu sehen.

Ich musste einen Moment warten, bis ich am Ausschank einen Platz auf einem der hohen Barhocker fand. Dort bestellte ich ein alkoholfreies Bier und taxierte die nur spärlich bekleidete Bardame in Bezug auf ihre Redseligkeit. Ein fülliger mittelalterlicher Mann schien Gefallen an ihr zu haben und machte ihr Avancen. Geschickt schaffte sie es, den Herrn mit Höflichkeit und Freundlichkeit auf Distanz zu halten, was mir äußerst imponierte.

Ich beschloss, mich an diese Dame zu halten und sie später etwas zu interviewen, aber ich hatte zunächst kein Glück. Der zudringliche Gast ließ den ganzen Abend nicht von ihr ab. Daher begnügte ich mich erst einmal damit, einen Impuls von dem Lokal und seinen Gästen zu erhalten.

Mit der Zeit gewann ich den Eindruck von einem sehr gemischten Publikum. Es gab die Pärchen, die man sich gut als Bekannte und Freunde vorstellen konnte, aber auch einige Frauen und Männer, die auf mich sehr undurchsichtig wirkten. Die extravaganten unter ihnen hielt ich für Menschen mit künstlerischer Richtung, aber ich wusste, wie sehr man sich auch darin täuschen konnte. Jedenfalls schloss ich daraus, dass sich in diesem

Lokal nicht nur Kriminelle aufhielten, wie Irene befürchtet hatte.

Suchend blickte ich in die Runde, um mir ein Opfer auszusuchen, das ich ein wenig ausfragen konnte, aber ich fand niemanden. Die meisten waren mit einem Gegenüber beschäftigt. Und einige dunkle Singles mochte ich nicht befragen. Von Verena fand ich weit und breit keine Spur

Gerade, als ich gehen wollte, verabschiedete sich der Galan von der Bedienung an der Theke.

Als er das Lokal verlassen hatte, wandte ich mich sofort an die junge Frau, die sich Lisa nannte.

„Ganz nett hier", wandte ich mich an sie. „Ist das hier immer so gut besetzt?"

„Fast jeden Abend. Ist eine Goldgrube."

Ich passte mich ihrem knappen Sprachstil an.

„Gemischtes Publikum, auch Künstler?"

„Wieso? Bist du auch eine?"

„Ich male so ein bisschen", schwindelte ich. „Nichts Berühmtes. Bin aber nicht von hier."

„Ja, so einige kommen regelmäßig. Denen gefällt die Stimmung."

Ich hatte zwar nichts gefunden, was einem Künstlerauge gefallen konnte, aber vielleicht war es ja die Sorte Bier, die hier ausgeschenkt wurde. Ich erinnerte mich daran, dass die Künstler in Sankt Augustine einen guten Wein dem Bier vorzogen. Aber dann fiel mir ein, dass ich hier im Rheinland war, wo man sehr viel Bier trank, besonders im Raum von Bonn, Köln und Düsseldorf.

„Schon mal Ärger gehabt hier?" fragte ich sie.

„Schon oft. Aber das bringt der Job so mit sich. Aufdringliche Männer, Prügeleien in der Kneipe, und ab und zu mal eine Razzia von der Polizei."

„Und wie schaffst du das?"

„Ich bin fit im Kampfsport. Ich kann mich wehren."

„Dein Glück", fand ich. „Da bin ich eine Niete."

Das musste für heute genügen, ich wollte sie nicht misstrauisch stimmen. Immerhin hatte ich den Kontakt mit ihr geknüpft. Ich zahlte und wünschte ihr noch einen angenehmen Abend.

„Hast du es weit?" erkundigte sie sich.

„Ein Stückchen schon, ich denke mal, ich bin noch eine ganze Weile unterwegs."

„Um diese Zeit solltest du nicht ganz allein hier durch die Stadt gehen", riet sie mir.

„Ich habe ein Pfefferspray dabei. Damit fühle ich mich sicher."

„Na, dann ist es ja gut, aber bring das nächste Mal lieber deinen Freund mit."

„Mal sehen, vielleicht schau ich morgen noch mal rein. Gibt es hier auch so besondere Tage? Irgendwelche Darbietungen oder Freibiertage?"

Sie grinste. „Nee, hier nicht. Unser Stammpublikum mag keine Änderungen. Die lieben das so, wie es ist."

Auch jetzt versuchte ich mir verzweifelt vorzustellen, was an dieser Kneipe hier so liebenswert sein sollte, aber ich fand es nicht heraus. Vielleicht das Dämmerlicht, in dem man ungestört trinken konnte? Oder ging es da auch um Rauschgift, das hier unbemerkt seinen Besitzer wechseln konnte?

„Na dann!" Mit einem Tschüss verabschiedete ich mich von ihr und verließ das Lokal. Tatsächlich bemerkte ich, dass sich nur noch wenige Passanten in der Stadt aufhielten. Aufmerksam nach allen Seiten schauend spazierte ich zum Bahnhof zurück, wo ich gerade noch den letzten Bus zum Venusberg erreichte.

Eine Gruppe junger Leute stieg ebenfalls gemeinsam mit mir an der Haltestelle zur Jugendherberge aus, so konnte ich mich den Rest des Weges sicher fühlen.

Ein Blick zur Rezeption zeigte mir, dass Frau Schmidt wie angedeutet keinen Dienst mehr hatte.

In meinem Zimmer angekommen, zog ich erst einmal die Schuhe aus, legte mich auf das Bett und telefonierte mit Ermanno, der mir viel von seinem heutigen Arbeitstag berichtete. Anscheinend schien er mich schon zu vermissen.

„Ich habe noch keinen Erfolg gehabt", teilte ich ihm mit. „Aber ab morgen geht es richtig los."

„Du bist ja auch gerade erst angekommen", beruhigte er mich. „Erwarte nicht zu viel auf einmal. Und wenn du gar nicht weiterkommst, werde ich dir helfen."

Ich versprach es ihm und genoss die vielen zärtlichen Worte, die er mir zum Abschied ins Ohr flüsterte.

Kurz danach meldete sich mein Telefon. Es war Irene, die sich erkundigte, wie es mir ergangen war.

Sie freute sich über meine gesunde Ankunft in Bonn und auch darüber, dass ich schon mit meinen Recherchen begonnen hatte.

„Du musst dir keine Eile machen!" fand sie. „Es wird sehr schwer sein, Verena zu finden. Wir brauchen eine ganze Portion Glück dabei. Rein theoretisch könnte sie auch schon wieder ganz woanders sein. Und nimm dir demnächst bitte ein Taxi, wenn du vom Bahnhof zu dieser Kneipe fährst und auch wieder zurück. Ich möchte nicht, dass du dich meinetwegen in Gefahr begibst."

„Das war Pech, dass es heute so lange gedauert hat, ich denke, morgen werde ich früher zurückfahren, wenn es noch einigermaßen gemütlich auf den Straßen ist. Drück mir die Daumen, dass diese Lisa morgen in der Stimmung ist, etwas auszuplaudern, falls Sie etwas weiß. Ich muss mir noch eine gute Geschichte für sie ausdenken. Also, etwas Glück könnte wirklich nicht schaden."

„Bestimmt wirst du Glück haben, Abigail. Das habe ich so im Gespür. Ich hatte doch heute auch etwas Glück. Giorgio hat mir gestanden, dass er Gefühle für mich hat."

„Giorgio? Welcher Giorgio?"

„Na *der* Giorgio! Das ist doch der Italiener, den ich kennengelernt habe." Einen Augenblick lang war ich sprachlos. Giorgio? Das konnte doch unmöglich Theresas Mann sein. Nein, dann musste einer der beiden anderen Italiener auch noch Giorgio heißen. Schließlich war das doch kein so ungewöhnlicher Name. Nein, der Giorgio, den ich kannte, der liebte Theresa, das hatte er mir doch selbst gestern noch gesagt, und zwar aus voller Überzeugung.

Also wollte ich mir erst einmal keine Sorgen machen, und auch da nicht weiter nachhaken.

„Dann hoffe ich, dass wir beide morgen Glück haben!" wünschte ich uns.

Als ich das Gespräch beendete, kamen in mir dann doch immer wieder leichte Zweifel hoch. Theresa war in Catania und Giorgio allein in Sankt Augustine. Wie viele Kilometer waren sie voneinander getrennt, und das schon seit einiger Zeit. Wie war das doch damals gewesen bei Adelaide und Moro Rossini? Damals als sie jung waren, war er seiner Verlobten auch nicht treu gewesen, als er beim Skifahren die andere kennenlernte. Wie viele Tränen hatte Ada geweint, als er sie verließ. Aber wie glücklich war sie auch gewesen, als er sich zwei Monate später wieder meldete und ihr beteuerte, dass er nur sie allein liebte. Und wieder waren sie zusammengekommen, und wieder hatte er sie mit seiner Flirterei misstrauisch gestimmt, sodass sie dann am Ende seinen Heiratsantrag ablehnte. 35 lange getrennte Jahre, konnte man so lange eine Liebe aufrechterhalten? Ja, die beiden hatten es bewiesen, und letztendlich hatten sie ihr Glück gefunden, bescheiden wegen einiger gesundheitlicher Behinderungen, aber doch gekrönt mit den Empfindungen und Zärtlichkeiten einer tiefen, nie endenwollenden Liebe.

Meine Gedanken fanden wieder zu Giorgio und Theresa zurück. Ich hoffte, dass er nicht auch dabei war, seine Partnerschaft aufs Spiel zu setzen.

Und wie sah es bei uns aus? Hatte ich nicht auch gerade meinen Lebenspartner alleingelassen? Wie schnell konnte man sich verführen lassen? Ich erinnerte mich an die Beziehung mit Rolf, meinem Ex. Am Anfang hatten wir uns sehr vertraut, und das hatte uns dazu verführt, dass wir fast ständig getrennt waren. Rolf war es gewesen, der zuerst die Gelegenheit genutzt hatte, eine neue Liebe zu finden. Bis dahin hatte ich noch meine Gefühle zu Ermanno unterdrückt, obwohl ich auch schon vom ersten Blick an gefühlt hatte, dass sich in uns eine Glut befand, die zu einem Steppenbrand führen konnte. Oder nein, eher die zähflüssige dauerhaft brennende Glut, wie sie im Inneren des Ätna brodelte.

Wenn ich an ihn dachte, fühlte ich es tief in mir, heftig und heiß, und ich hoffte, dass dieses Feuer uns überleben würde.

***

Nach dem einfachen Frühstück im Speiseraum der Jugendherberge, gönnte ich mir noch einmal ein Stück Kuchen aus Adelaides Proviant-Dose, bevor ich mich mit dem Bus in die Stadt begab, um beim Bürgeramt die Nachforschung nach Verena zu beginnen.

Eine gute Stunde musste ich warten, bis mich die unfreundliche Dame mit meiner am Automaten gezogenen Nummer herbeirief und mich nach meinem Anliegen fragte.

„Sie haben keine Berechtigung, nach dieser Frau zu suchen", erklärte sie mir, nachdem ich ihr die Frage nach Verena Bosch gestellt hatte.

Ich zeigte ihr die Vollmacht von Irene Kelly und schwindelte ihr die schnell erdachte Geschichte vor, dass Verenas Tante aus Krankheitsgründen verhindert sei, selbst zu suchen.

„Sie hat auch keine Berechtigung, nach Frau Bosch zu suchen. Ja wenn Frau Bosch Ihnen Geld schulden würde, wenn sie irgendeinen geschäftlichen Kontakt mit ihr benötigten, dann sähe das schon wieder etwas anders aus."

„Die Tante möchte ihrer Nichte etwas vererben", log ich. „Ist das denn kein Grund?" Und nun zog ich alle Register, erweckte Mitleid und Verständnis bei der eben noch so zugeknüpften Dame. Endlich ließ sie sich erweichen und sah für 20 Euro im Melderegister nach. Dann druckte sie mir ein Papier aus, auf dem ich es schwarz auf weiß lesen konnte: eine Verena Bosch war in Bonn nicht gemeldet.

Enttäuscht sah ich auf das Blatt, bedankte mich bei der inzwischen sehr freundlichen Frau und flüchtete in die nächste Bäckerei, um mir dort einen Kaffee zu gönnen.

Ich entdeckte an der großen Wanduhr, dass es bereits mittags war, gönnte mir eine Pizzatasche und ein Puddingteilchen und spazierte durch die Stadt, um sie ein bisschen näher kennenzulernen und dabei meine Pläne auszuarbeiten.

Als Erstes lernte ich den Bonner Markt kennen, auf dem ein reges Treiben herrschte. Ringsherum schauten einige ältere Gebäude der Zwanzigerjahre auf uns herab, frisch renoviert glänzte das alte Rathaus der Kurfürstenzeit mit einigen Goldornamenten.

Dies brachte mich auf eine Idee. Das Goldarmband, das mir Maria mitgegeben hatte, konnte mir behilflich sein. Ich wollte es in meine Geschichte für Lisa einbauen.

Wie gut, dass ich mir am Morgen eine Touristenfahrkarte besorgt hatte, mit der ich in

Bonn und Umgebung so oft, wie ich wollte, die Verkehrsmittel benutzen konnte.

In der Jugendherberge packte ich mir das Schmuckkästchen mit dem Armband in die Handtasche, grüßte Frau Schmidt, die gerade mit einigen jungen Leuten an der Rezeption beschäftigt war und fuhr wieder mit dem nächsten Bus zurück in die Innenstadt.

Ich entdeckte dort ein vorwiegend harmonisches Stadtbild mit den mir schon bekannten Häusern der Zwanzigerjahre, schlenderte durch die Straßen und Gassen und stand plötzlich vor dem großen Bonner Münster, das sich erhaben vor mir aufbaute.

Ich hatte mir das Innere schon vom Internet aus angesehen, und war froh darüber, denn zurzeit war die Kirche wegen größerer Renovierungsarbeiten geschlossen. An der einen Seite des riesigen Gebäudes lagen die übergroßen Nachbildungen der aus Stein gehauenen Köpfe der beiden Märtyrer Cassius und Florenzius, die hier getötet worden waren, damals als die Römer hier ihr Lager aufgebaut und die Stadt Castra Bonnensis das heutige Bonn, gegründet hatten.

Die alte Post auf der anderen Seite des Platzes zeigte sich ebenfalls frisch renoviert, und vor ihr prangte das überlebensgroße Denkmal des berühmtesten Bürgers von Bonn: Ludwig van Beethoven.

Die Menschen eilten an mir vorüber, andere saßen auf den Bänken und nahmen einen Imbiss zu sich, einige Tauben flogen über uns hinweg, andere pickten auf dem Boden die herumliegenden zahlreichen Krumen auf.

So verging der Nachmittag schneller als ich gedacht hatte, und inzwischen hatte ich meine Geschichte für Lisa fertig gebastelt. Als es dämmrig wurde, suchte ich mir in der Bonngasse neben dem Beethoven Haus die kleine Pizzeria heraus und genehmigte mir dort eine Minestrone-Suppe.

Ermanno, der gerade seine Arbeit beendet hatte, rief mich an und fragte mich nach den Erlebnissen des Tages. Ich erzählte ihm von meinem Stadtbummel, über die Recherchen gab es noch nichts Neues zu berichten, aber ich teilte ihm meine Pläne mit.

„Eine gute Idee", fand er. „Und bitte höre auch auf Irene und nimm dir ein Taxi, wenn es zu spät wird!"

Ich versprach es ihm, und er machte mir zum Abschied noch etwas Mut. „Wenn du dich so schnell mit Lisa angefreundet hast, sehe ich auch gar kein Problem, dass du es nicht bald schaffst. Du hast einfach das Talent, ganz natürlich auf

Leute zugehen zu können und ihnen den Eindruck zu vermitteln, dass du sie ernst nimmst. Dadurch finden sie schnell Vertrauen zu dir."

Mit seinen Worten gestärkt machte ich mich gegen 20:00 Uhr auf den Weg in Richtung Rhein, um dem Biertreff erneut einen Besuch abzustatten.

Auch heute konnte ich dem Inneren des Lokals nichts abgewinnen, im Halbdunkel saßen bereits die ersten Gäste an den Tischen und an der ebenfalls spärlich beleuchteten Theke.

Aber ich hatte Glück, Lisa hatte heute Unterstützung von zwei weiteren Bardamen, die sich hinter der langen Theke um die Gäste bemühten. Schon vor 22:00 Uhr kehrte etwas Ruhe ein. Während ein leiser Schmusesong an mein Gehör drang, konnte ich mich an Lisa wenden, die gerade einen Kaffee trank.

„Gut, dass du heute Verstärkung hast", fand ich.

„Bist du jeden Abend hier?"

„Fast jeden, nur montags nicht, da habe ich eine Vertretung. Wir haben nämlich jeden Tag geöffnet."

„Das ist immer noch genug. Und was tust du gegen den Stress?"

„Ich treibe viel Sport, Fitnessstudio und so, tja, und natürlich den Kampfsport. Ich boxe auch. Lust, mal mitzugehen?"

„Warum nicht. Muss jetzt nur zuerst mal zwei Freundinnen wieder miteinander vereinen."

Sie sah mich verdutzt an. „Wie geht das? Hast du Stress mit deinen Freundinnen?"

„Zum Glück nicht auch noch. Nein, das ist eine junge Frau, eine Bekannte von mir, die sucht ihre Freundin, mit der sie immer ein Herz und eine Seele war. Offenbar hatten sich die beiden zerstritten. Ich habe jetzt hier so eine Art Erinnerung an die Freundschaft dieser beiden." Ich holte das Armband aus der kleinen Schachtel und zeigte es ihr, sodass sie die Gravur erkennen konnte. „Damit soll sich Verena wieder an die alte Freundschaft erinnern."

„Dann wünsche ich dir viel Glück. Wann willst du das machen?"

„Wenn ich könnte, sofort. Aber ich muss die Freundin leider erst noch suchen und finden. Eigentlich hatte ich gehofft, sie hier anzutreffen, weil sie hier wohl schon gewesen ist."

„Hast du vielleicht ein Bild von ihr? Dann könnte ich dir möglicherweise weiterhelfen."

Ich kramte das Foto aus meiner Tasche und reichte es ihr. „Sie heißt Verena Bosch, eine hübsche junge Frau."

Lisa tippte auf das Bild. „Natürlich, die war vor längerer Zeit, vielleicht so vor anderthalb Jahren fast täglich hier mit dem Oliver. Aber dann kamen sie nicht mehr. Jetzt fällt mir gerade ein, sie war neulich noch ein paar Mal hier, kann mich aber nicht mehr erinnern, mit wem. Da war hier gerade so viel zu tun, und sie saß auch ganz hinten in einer Ecke, ich glaube, mit mehreren Leuten."

Ich konnte meine Freude kaum verbergen. „Das hört sich aber gut an! Kennst du diesen Oliver auch?"

„Nein, den kenne ich nicht näher. Wie er mit Nachnamen heißt, weiß ich nicht. Hier haben die sich immer mit Vornamen angesprochen. Ich fand ihn immer unsympathisch, so einer mit vielen Goldkettchen. Aber ich weiß, dass er einen Fotoladen haben soll."

Ich horchte auf. „Das ist doch schon mal was. Weißt du auch, wo?"

„Lass mich mal eine Weile überlegen!" Sie schob mir ein alkoholfreies Bier hin. „Das geht auf mich. Das war in irgendeinem kleinen Stadtteil von Bonn, im Westen. Als er hier war, haben ihn immer einige junge Dinger angequatscht und gefragt, ob er sie mal fotografieren würde. Er hat auch mit einer Castingagentur zusammengearbeitet, deswegen waren viele Mädchen ganz scharf auf ihn. Sie haben sich vorgestellt, mit seiner Hilfe berühmt zu werden."

„Hattest du denn den Eindruck, dass Verena und Oliver ein Paar sind?"

„Auf jeden Fall! Er hat sie aber trotzdem ganz schön rumkommandiert. Ich hätte mir das nicht gefallen lassen. Vielleicht ist sie ohne Vater aufgewachsen, mir hat das ein bisschen danach ausgesehen, als hätte sie sich da einen Vater-Ersatz gesucht."

„War er denn schon so alt?"

„Nee, nicht einmal. Vielleicht so um die dreißig, noch zu jung, um Vater von einer Zwanzigjährigen zu sein. Ich glaube, er stand auf junge Mädchen. Vorher war er auch schon einmal hier gewesen, mit einer weißblonden, sehr schlanken Frau, Kerstin hieß die."

„Ich werde sämtliche Fotoläden von Bonn aufsuchen", überlegte ich.

Sie schüttelte den Kopf. „Nicht so voreilig! Es fällt mir gerade wieder ein, es muss im Stadtteil Poppelsdorf gewesen sein, ganz in der Nähe des Kurfürstenschlosses. Dort in der Nähe des Botanischen Gartens, in einem Keller eines renovierten alten Hauses. Jetzt fällt mir das alles wieder ein. Wir hatten nämlich mal einen

Barkeeper hier, der wohnte mit ihm im selben Haus. Der hat mir das von ihm erzählt. Und der meinte sogar, Oliver hätte noch eine große Villa im Godesberger Raum, wo auch viel Prominenz wohnt. Aber ob das stimmt, weiß ich natürlich nicht. Conny hat nämlich auch viel geschwindelt, wenn er zu viel getrunken hatte."

„Na prima, mit diesen Informationen komme ich bestimmt weiter. Dann werde ich die beiden Freundinnen doch vielleicht bald wieder vereinen können", hoffte ich.

Ich hatte gerade noch Zeit, mich bei ihr zu bedanken, dann wurde sie von anderen Gästen wieder in Beschlag genommen.

Ich rief ihr kurz einen Abschiedsgruß zu und verließ das Lokal. An diesem Abend mussten wohl einige Veranstaltungen in Bonn gewesen sein, Konzerte, Theateraufführungen und andere

Darbietungen, die die Menschen in größerer Menge in die Stadt gelockt hatten. Gemeinsam mit vielen anderen Passanten durchquerte ich die sparsam beleuchtete Innenstadt bis zum Bahnhof, der mir schon sehr vertraut vorkam.

Während der Busfahrt malte ich mir schon aus, wie das Zusammentreffen mit Verena sein würde, probte im Kopf einige Szenen, in denen ich sie für ihre Freundin Maria und ihre Tante interessieren könnte.

Noch bevor ich mich mit den Resten des Proviants vergnügte, rief ich Irene an, die sich dieses Mal erst nach einer längeren Zeit meldete.

„Ich habe gerade Besuch", flüsterte sie, als sie meine Stimme hörte. „Hast du sie gefunden?"

„Leider noch nicht, habe aber doch einen guten Hinweis bekommen."

Mit wenigen Worten erzählte ich ihr die Neuigkeiten, über die sie sich sichtlich freute.

„Wir sprechen morgen noch mal", teilte sie mir leise mit. „Jetzt möchte ich meinen Besuch nicht warten lassen."

Als ich das Gespräch beendet hatte, zog ich die Stirn in Falten. Ob das auch wieder dieser Giorgio war? Ich gönnte ihr einen neuen Freund, hoffte aber inständig, dass es sich nicht um Teresas Mann handelte. Trotzdem fand ich bald wieder aus den trüben Gedanken heraus und telefonierte fast zwei Stunden mit Ermanno, der mir genau berichtete, wie es jedem einzelnen im Schloss erging und was ihm heute mit seinen Studenten begegnet war, wer ihn geärgert oder belustigt hatte.

Wir hätten fast kein Ende gefunden, wenn ich nicht einen weiteren Anrufer auf dem Display entdeckt hätte. Es war Maria, und so verabschiedete ich mich von meinem Freund nur mit etwa zehn statt wie sonst mit circa fünfundzwanzig Küsschen.

Die junge Frau fragte mich nach meinen bisherigen Ergebnissen, und ich konnte ihr stolz meine ersten Erfolge präsentieren. „Ich habe wirklich Glück gehabt", freute ich mich.

„Das Glück ist mit den Tüchtigen. Wie gehst du jetzt weiter vor?"

„Ich werde mich gleich im Internet schlau machen, und da versuchen, die Adresse des Fotoladens herauszufinden. Es wird ja in diesem Stadtteil Poppelsdorf bestimmt nicht so viele Fotografen geben, die Oliver heißen."

„Da stimme ich dir absolut zu, Abigail. Und ich wünsche dir, dass du morgen wieder ganz erfolgreich sein wirst!"

Nach Beendigung des Gesprächs, stöberte ich im Internet und musste nicht lange suchen. Da stand es groß auf einer Seite: „Fotograf in Bonn Poppelsdorf, Oliver Frühling".

Was für ein Name! Ich fand ihn sehr werbewirksam. Wie musste man sich fühlen, wenn man zu einem Fotografen ging, der solch einen hoffnungsvollen und sinnlichen Namen besaß! Ich stellte mir vor, dass man durch ihn einen Frühling erwarten konnte, mit einem Bild, dass er fotografiert hatte. Als ich mir gerade die Ausstattung seines Ateliers mit duftenden Frühlingsblumen und in zarten Pastellfarben ausmalte, spielte mir ein zweiter Gedanke einen Streich. Mit einem Mal sah ich seinen Arbeitsbereich genauso düster wie den Biertreff, in dem er verkehrt hatte. Ich gebot meiner Fantasie Einhalt und entschloss mich, auf den nächsten Tag zu warten, auf das, was sich mir dann bieten würde.

Noch bevor ich mich nach einer warmen Dusche ins Bett begab, erreichte mich eine Kurznachricht von Theresa: „Der Bürgermeister von Palermo hat mir Urlaub gegeben. Komme in den nächsten Tagen nach Sankt Augustine."

***

Es war kein Wunder, dass ich in dieser Nacht sehr fantasievolle Träume erlebte, nachdem mir am Abend noch einmal das Gedankenkarussell verschiedene Zukunftsvisionen für Irene, Maria und Verena und für Theresa, Irene und Giorgio aufgezeichnet hatte. Trotzdem fühlte ich mich frisch, als am anderen Morgen die duftende Luft des noch unbelaubten Waldes durchs Fenster hereindrang.

Ich nahm mir Zeit, für ein ausgiebiges , einfaches, aber reichliches Jugendherbergsfrühstück und gönnte mir danach einen Morgenspaziergang durch den Wald, der einen intensiven Erdduft ausströmte. An einigen jungen Büschen spannten sich schon die Knospen der Blätter, um beim nächsten Sonnenschein aufzuspringen.

Etwa eine Stunde später fuhr ich mit dem Bus nach Poppelsdorf, dem alten Bonner Stadtteil, das genau zwischen dem Venusberg und der Bonner Innenstadt lag. Obwohl mich auch hier einige alte Häuser der zwanziger Jahre freundlich und renoviert anblickten, übte dieser Stadtteil nicht den gleichen Zauber aus wie die Innenstadt, hier gab es auch keine Menschen, die bummelten oder einen Einkauf genossen. Die Vorübereilenden schienen größtenteils hektisch und auf dem Weg von oder zu der Arbeit zu sein. Vor dem Schloss, das mich gerade mit seinem freundlichen Anblick für einige graue Häuser entschädigte, bog ich in eine kleine unscheinbare Seitenstraße ein.

Dort fand ich es bald, das Atelier mit dem Namensschild: Oliver Frühling.

Um in das Innere dieses Betriebes zu gelangen, musste ich einige Stufen hinuntersteigen und entdeckte dann im Souterrain einen Laden mit einer modernen, gepflegten Atmosphäre. Hinter einer Theke stand eine junge, schlanke Frau, deren kurz gelocktes Haar mir in einem hellen Weißblond entgegenleuchtete.

Neben ihr stand ein etwa zehn bis zwölfjähriger Junge, dessen kurzes rötliches Haar mich an die kleinen Igelpuppen erinnerte, die in der Zeit meiner Kindheit sehr beliebt waren.

Ich beschloss, hier direkt aufs Ganze zu gehen und wandte mich an die junge Frau. „Können Sie mir eine Auskunft über Verena Bosch geben?" Ich legte das Foto vor sie auf den Tresen.

Sie blickte kurz darauf. „Ich glaube, sie hat mal was bei meinem Freund machen lassen. Aber seit einem Jahr haben wir nichts mehr von ihr gehört."

„Ich suche sie für eine Freundin. Meinen Sie, dass er eine Adresse von ihr hat?" Ich zeigte ihr das Armband. „Dieses Schmuckstück habe ich ihr nämlich abzugeben."

„Nein", wehrte sie unfreundlich ab. „So alte Adressen hebt Oliver nicht auf. Da kommen so viele junge Mädchen und Frauen zu ihm, die etwas von ihm gemacht haben wollen. Hier ein Foto und da ein Foto, sie belästigen ihn ständig. Deswegen nehme ich ihm auch die Arbeit hier im Laden weitgehend ab und mache die Termine für ihn."

Ich war noch nicht zufrieden. „Haben Sie nicht vielleicht eine Kartei, in der Name und Adresse dieser jungen Frau stehen könnten?"

Sie schüttelte energisch den Kopf. „Die alten Adressen werden sowieso immer wieder entsorgt und vernichtet. Wozu sollten wir die auch aufheben? Wir sind ja kein Friseurladen."

„Könnte ich ihn denn auch einmal sprechen?" wagte ich einen Vorstoß.

„Nein, er ist im Moment auf Geschäftsreisen. Ich mache für ihn nur die Termine. Aber da hätten sie auch kein Glück. Er hat ein ganz schlechtes Gedächtnis."

Ich verzog das Gesicht. „Das tut mir aber jetzt leid für die beiden jungen Frauen, ich glaube, sie hätten sich gern wieder gesehen. Dann muss ich es wohl wieder über das Meldeamt versuchen, auch wenn es dabei länger dauert."

„Ich kann Ihnen nicht helfen", antwortete sie kühl.

„Sie wird ja wohl noch irgendjemand anderes gekannt haben. Vermutlich hat sie sich nicht nur Fotos machen lassen, sondern auch Schuhe gekauft und ist irgendwo zum Einkaufen gewesen. Was weiß ich? Da müssen Sie schon ihre Fantasie etwas bemühen."

„Ja dann, dann wünsche ich noch einen schönen Tag", quetschte ich aus mir heraus und verließ enttäuscht den Laden.

Dieses Mal hatte mich also das Glück verlassen, aber ich würde schon wieder einen anderen Anfang finden. Vielleicht war Oliver Frühling auch gar nicht verreist, vielleicht wollte sie nur nicht, dass ich mit ihm zusammenkam.

Ich bog gerade wieder in die Durchgangsstraße ein, die nach dem Kurfürsten Clemens August benannt war, als mich jemand von hinten leicht antippte.

Überrascht drehte ich mich um und blickte in das Gesicht des Jungen, der neben der weißblonden Frau hinter der Theke gestanden hatte.

Er grinste mich an. „Finden Sie nicht auch, dass Jungen in meinem Alter sich zu ihrem Taschengeld noch etwas dazu verdienen sollten?"

Es dauerte einen Augenblick, bis ich ihn verstand.

„Du willst also dein Taschengeld aufbessern. Willst du mir irgendetwas verkaufen?"

„Was ist es Ihnen denn Wert, wenn ich Ihnen etwas über diese Verena Bosch verrate?"

Ich grinste zurück. „Ganz schön geschäftstüchtig! Glaubst du denn, dass ich damit etwas anfangen kann?"

„Sie bestimmt! Sie sind doch clever, das habe ich gleich gemerkt. Und auch, dass da bei Ihrer Suche noch ein bisschen mehr dahinter steckt. Stimmt's?"

„Du bist auch ganz schön schlau", lobte ich ihn. „Aber es steckt jedenfalls nichts Schlimmes hinter meiner Suche. Und es wäre wirklich ganz super, wenn die beiden Freundinnen wieder zueinander fänden. Bist du mit 5 Euro einverstanden?"

„15 hört sich besser an."

„Dann treffen wir uns doch in der Mitte, 10 Euro", schlug ich vor.

„Darauf wollte ich hinaus", verriet er mir lachend.

Ich gab ihm die 10 Euro, und er steckte sie eilig in die Hosentasche.

Was würde er nun tun, davonrennen oder mir etwas erzählen, womit ich möglicherweise etwas anfangen konnte?

„Die Kerstin hier, drinnen im Laden", begann er, „die war schon lange Jahre die Freundin von meinem Onkel. Mein Onkel ist der Oliver Frühling. Ich heiße Arthur Weiler und bin der Sohn seiner Schwester, also sein Neffe."

„Soweit kann ich folgen", bemerkte ich.

„Warten Sie doch mal ab!" forderte er mich auf.

„Also, die Kerstin war die Freundin von Oliver, der manchmal lange weite Reisen macht. Was er da macht, das weiß kein Mensch, auch die Kerstin nicht. Und einmal, da war er in Brasilien. Dort hatte dann Verena Bosch kennen gelernt, und als er zurückkam, hat er sie mitgebracht, und die beiden waren ein Paar.

Das hat natürlich der Kerstin gar nicht gefallen, und sie hat es eines Tages geschafft, dass mein Onkel diese Verena weggeschickt hat. Meine Mutter vermutet, dass er irgendetwas gemacht hat, womit die Kerstin ihn erpressen konnte. Mama sagt immer, Oliver ist das schwarze Schaf in der Familie. Das müssen sie nämlich wissen, es sind nämlich drei Geschwister, Oliver ist der älteste, danach kommt meine Mutter, die Vivian und der jüngste Bruder, mein anderer Onkel, das ist Jens. Der ist Assistenzarzt in der Klinik oben auf dem Venusberg."

„Ja, dann wird mir natürlich einiges klar, Arthur. Dann verstehe ich natürlich auch, warum Kerstin so abweisend zu mir war und mir absolut nichts über Verena sagen wollte. Aber wie sieht das denn jetzt mit einer Adresse von ihr aus? Weißt du auch, wo sie jetzt wohnt? Jemand will sie nämlich vor kurzer Zeit noch in der Innenstadt von Bonn gesehen haben."

Er reichte mir einen Zettel. „Natürlich weiß ich, wo sie hingezogen ist, dass war so etwa vor einem guten halben Jahr, glaube ich. Ich habe ihr noch beim Umzug geholfen, obwohl es da nicht viel zu helfen gab. Sie hatte er nur ein paar Klamotten, von Brasilien hat sie nichts mit hierhergenommen. Ein paar Möbel hat sie sich dann hier gekauft, als sie bei meinem Onkel wohnte."

„Und woher hatte sie das Geld? Hat sie denn irgendetwas gearbeitet?"

„Nee, sie hat meinem Onkel ein bisschen geholfen, und der hat ihr dann dafür alles bezahlt. Und jetzt wohnt sie in der kleinen Stadt Rheinbach. Ich glaube das ist so 20 km von Bonn entfernt. Eine

Frau, deren Mann gestorben ist, hat ihr da ein Zimmer vermietet."

„Falls sie überhaupt da noch da wohnt", zweifelte ich.

Er grinste wieder. „Denken Sie nicht, dass Sie das Geld wiederbekommen, wenn Verena von da wieder weggezogen ist!"

Ich lachte. „Nein, du hast mir schon sehr viel weitergeholfen. Denn von da werde ich sie auch schon wieder weiter verfolgen können. In dem letzten Dreivierteljahr kann sie ja da nicht noch mehrmals umgezogen sein, hoffe ich jedenfalls nicht. Aber wenn du mir die Nummer von deinem Handy gibst, können wir in Kontakt bleiben, falls ich noch mehr Fragen an dich habe."

„Ist okay", meinte er. „Gibt es dann auch noch Nachschlag?"

„Na klar! Aber jetzt erzähle mir doch mal, wofür du so dringend Geld brauchst?"

„Ich brauche ein neues Fahrrad, aber meine Mutter verdient nicht so viel Geld, und mein Vater ist gestorben, als ich noch ganz klein war. Den habe ich noch nie wirklich gesehen. Nur Fotos von ihm."

„Und wieviel Geld hast du schon zusammen?"

„70 Euro bisher, aber das reicht natürlich noch lange nicht."

„Hast du denn ein Fahrrad?"

„Ja, natürlich. Aber ein ganz altes. Hast du eine Ahnung, wie man sich da fühlt, wenn die Freunde alle neue Fahrräder haben? Entschuldigen Sie, das Du ist mir gerade so herausgerutscht!"

„Bleiben wir dabei!" schlug ich ihm vor. „Ich kann es mir vorstellen. Und genauso ist es möglich, dass ich dich bei meiner Suche noch ganz gut gebrauchen kann. Meinst du denn, deine Mutter würde mir das erlauben?"

„Ich frage sie einfach heute Abend. Und dann sage ich dir Bescheid."

Er nahm mir den Zettel aus der Hand und schrieb mir auf der Rückseite seine Telefonnummer. „So und jetzt ruf mich an, dann habe ich nämlich auch gleich deine Nummer und kann dich zurückrufen. Wie heißt du eigentlich?"

„Abigail Mühlberg, und ich wohne ziemlich weit weg in Sankt Augustine", verriet ich ihm, falls dir das etwas sagt.

„Nee", antwortete er und grinste. „Nie gehört. Erdkunde ist sowieso nicht meins. Vielleicht später mal, dann will ich schon so reisen wie Onkel Oliver."

„Dann könnte dir Erdkunde eigentlich nicht schaden, Arthur. Fürs Reisen kann man ein bisschen davon gebrauchen."

Er stöhnte. „Jetzt redest du schon so wie meine Mutter oder meine Lehrerin."

Ich lachte. „Diesmal haben sie Recht. Ich habe aber auch eine Bitte an dich."

„Und? Was soll ich jetzt für dich auskundschaften?"

„Noch nichts. Aber du hast ja eben gesehen, wie sauer Kerstin war, als wir von Verena gesprochen haben. Vielleicht sagst du ihr besser nichts von unserer Begegnung hier, und auch nichts davon, dass ich dich noch weiter als Helfer brauche. Ist das so okay?"

„Kein Problem. Sie ist sowieso oft ein bisschen zickig und meckert mit mir herum. Sie muss nicht alles wissen. Dann Tschüss!"

Er hielt mir die Hand hin zum Abklatschen und ich tat ihm den Gefallen.

Eilig drehte er sich um und lief zurück, während ich mich zum botanischen Garten begab, um dort noch ein wenig nachdenken zu können.

***

Während ich auf den gepflegten Wegen zwischen den Rasenstücken spazierte, entschied ich, Frau Bieber in Rheinbach zuerst anzurufen. Wieder einmal hatte ich Glück, die Nummer dieser Dame fand ich im Internet.

Schnell entschlossen wählte ich die Verbindung zu ihr.

Eine freundliche Stimme meldete sich. „Bieber? Guten Tag!"

Bei ihr entschloss ich mich, sofort zur Wahrheit zu kommen. „Mein Name ist Mühlberg, bitte legen Sie nicht auf, ich möchte Ihnen nichts verkaufen, sondern es geht um Verena Bosch, die vermutlich bei Ihnen wohnt. Ich suche sie im Auftrag von ihrer Patentante, die den Kontakt zu ihr verloren hat. Darf ich Sie einmal besuchen oder Ihnen am Telefon erst einmal ein paar Fragen stellen?"

Sie zögerte einen Augenblick. „Verena? Sie kennen Verena? Um was geht es denn da genau?"

„Ihre Tante hat sie eine ganze Weile nicht mehr gesehen, aber jetzt macht sie sich ein wenig Sorgen um sie, da man ihr etwas von ihr berichtet hat. Deswegen hat sie mich beauftragt, ihre Nichte zu suchen. Natürlich würde sie sie gerne mal wieder sehen, aber notfalls würde es ihr sicherlich reichen, zu wissen, dass es ihr gut geht."

„Am besten, Sie kommen doch einmal bei mir vorbei!" schlug sie vor. „Wenn Sie sich ausweisen können, und wirklich im Namen von Verenas Patentante kommen, dann habe ich Ihnen etwas zu erzählen. Haben Sie auch meine Adresse?"

„Ja, die hat mir ein netter junger Mann gegeben, den Sie auch kennen. Wann darf ich bei Ihnen vorbeikommen?"

„Ich bin Rentnerin, daher auch sehr viel zu Hause. Ich nehme an, Ihre Suche ist sehr dringend, und mir liegt Verena auch sehr am Herzen. Wenn Sie Zeit haben, kommen Sie doch gleich einmal vorbei!"

„Damit tun sie nur einen großen Gefallen", sagte ich erfreut. „Momentan bin ich noch in Bonn, ich weiß nicht, wie lange es dauert, bis sich bei Ihnen sein kann."

„Das ist für mich kein Problem. Ich habe Zeit, außer meiner Haus- und Gartenarbeit habe ich nichts Wichtiges zu tun. Ich denke, sie werden eine gute halbe Stunde benötigen, bis sie bei mir sind."

Was für ein Glück! Und abgesehen von Kerstin waren alle Menschen, die ich getroffen hatte, sehr hilfreich und freundlich gewesen. Ich verließ den Park des botanischen Gartens, stieg an einer der zahlreichen Haltestellen in den Bus und fuhr zurück zum Venusberg.

Ein Müsliriegel diente mir als Mittags-Snack, mit dem ich mich mit der nötigen Energie versorgte, die ich für mein weiteres Vorhaben brauchte.

Jetzt war ich froh, mit dem Auto gereist zu sein, das mich nun auch problemlos nach Rheinbach brachte. Die Hauptstraße des Städtchens erinnerte mich ein wenig an Sankt Augustine, sie zeigte sich mit vielen schmucken alten Häusern, die vorwiegend im Fachwerkstil gebaut waren.

Fehlerlos führte mich das Navigationssystem zum Haus der älteren Dame, das ich in einem Eigenheimviertel am nordöstlichen Rand des Ortes fand.

Frau Bieber hatte mich wohl schon von einem der Fenster aus gesehen, sie öffnete mir die Haustür, noch bevor ich den Klingelknopf drücken konnte.

Im Gegensatz zu vielen Frauen, die sich in der heutigen Zeit in jedem Alter die Haare färbten, trug sie es in Naturgrau, elegant frisiert mit einer lockigen Kurzhaarfrisur.

Ihr Gesichtausdruck wirkte auf mich gütig, ihre warmen Augen musterten mich, während wir uns begrüßten.

In einer Essecke aus hellem Holz bot sie mir Platz an und überredete mich anschließend zu einem selbstgebackenen Stück Apfelkuchen und einer Tasse Kaffee.

Ich holte meinen Personalausweis heraus, zeigte ihn ihr, ebenso wie Irenes Vollmacht und das Foto sowie das goldene Armband.

Sie warf nur einen kurzen Blick darauf. „Ich glaube Ihnen das, was Sie sagen. Ich habe eine gute Menschenkenntnis. Und ich weiß sogar, dass

Verena eine Tante mit diesem Namen hat, auch wenn sie sie nur ein einziges Mal erwähnte."

Ich stutzte. „Wo ist Verena? Wohnt sie etwa nicht mehr hier?"

„Das ist es ja, was ich Ihnen am Telefon nicht sagen konnte. Wie weit kennen Sie denn die Geschichte?"

„Ich weiß nur, dass sie mit diesem Fotografen Oliver Frühling zusammen gewesen sein soll. Der hat sie ja wohl aus Brasilien hierhin mitgenommen. Und irgendwann soll er sich von ihr getrennt und zu seiner alten Freunden Kerstin wieder zurückgekehrt sein."

„Ja, was sie anscheinend aber nicht wissen, ist, dass dieser Oliver immer wieder in dunkle Geschäfte verwickelt ist. Man konnte ihm allerdings bisher noch nichts nachweisen. Manche Leute behaupten, er habe auch etwas mit Drogen zu tun und andere wiederum sagen, er verführe sogar junge Mädchen, die er dann an eine Begleitagentur weiterleitet. Tatsächlich hatte er in Brasilien Gefallen an Verena gefunden, und wie auch immer er es gemacht hat, er hat sie nach Deutschland gelockt, wo sie kurze Zeit miteinander gelebt haben. Tatsächlich hat seine alte Freundin Kerstin nicht locker gelassen, bis er Verena den Laufpass gab. Die übrige Familie Frühling, das sind die Geschwister von Oliver, haben sich zu der Zeit ein wenig um die junge Frau gekümmert und ihr damals sogar beim Umzug nach hier geholfen. Da war dann auch dieser kleine Junge dabei, von dem Sie vermutlich eine Andeutung gemacht haben. Der Name ist mir inzwischen entfallen."

„Arthur", wusste ich.

„Richtig, Arthur hieß er. Hier war Verena zuerst auch ganz glücklich. Aber dann hat sie diesen

Frederic kennen gelernt, diesen Künstler, der gemeinsam mit zwei Männern und zwei Frauen in einer Wohngemeinschaft lebt. Und in dieser Art Kommune soll es nicht ganz mit rechten Dingen zugehen. Nur wenige Tage, nachdem sie Frederic kennenlernte, zog sie schon in die Kommune hinein und hat seitdem auch mit mir den Kontakt abgebrochen."

„Was meinen Sie damit: Es geht dort nicht mit rechten Dingen zu?"

„Sie haben besondere Regeln wie ein eingeschworenes Team und machen sehr merkwürdige esoterische Rituale. Ich befürchte fast, es ist so eine Art esoterische Sekte. Ob da Drogen oder Medikamente mit im Spiel sind, das weiß ich nicht. Aber sie sondern sich von den anderen Menschen ab und halten sich für etwas außergewöhnliche und auserwählte Menschen."

„Kennen Sie diesen Frederic? Oder vielleicht die anderen, die dort mit ihm gemeinsam leben?"

„Ja, sie waren alle da und haben Verena mit einem Kleinbus abgeholt. Das sah für mich so aus, als wollten sie verhindern, dass sie wegläuft. Ich bin selbst nicht dort gewesen, sie leben in einem kleinen Bauernhof ein paar Kilometer von hier entfernt. Aber Jens ist dort gewesen. Sie haben ihn gar nicht hereingelassen. Er durfte nur an der Tür einmal kurz mit Verena sprechen, während sie von einer anderen Frau beobachtet wurde. Das findet er natürlich sehr verdächtig. Er hat ihr dann Nachrichten auf das Handy geschrieben, immer wieder, aber es hat nichts genutzt. Sie hat den Kontakt nicht mehr mit ihm aufgenommen."

„Wer ist denn dieser Jens schon wieder?" wollte ich wissen.

„Das ist Jens Frühling, der jüngere Bruder von diesem undurchsichtigen Oliver. Ich glaube, er war verliebt in Verena, er wollte nicht, dass sie dort in die Wohngemeinschaft hingeht. Aber leider hat sie sich wohl nicht für Jens genügend interessiert. Er ist Assistenzarzt und arbeitet auf dem Venusberg."

„Aha, jetzt weiß ich, wen Sie meinen. Arthur erwähnte ihn schon. Dann werde ich mich wohl auch an ihn wenden, weil er einiges über die Situation, und auch über Verena wissen kann. Aber wenn er bereits dort den Bauernhof besucht hat und abgewiesen wurde, werde ich diesen Gang am besten allein versuchen."

„Sie werden bei denen kein Gehör finden", vermutete sie.

„Ich glaube, da fällt mir gerade etwas ein. Ich habe eine gute Freundin in Sankt Augustine, eine ältere Dame, die kennt sich aus mit der Astrologie und

Horoskopen und einigen anderen Dingen im Bereich der Esoterik. Sie hat mir schon eine Menge davon erzählt, und sie kann mich aus der Ferne mit Sicherheit auch telefonisch unterstützen, wenn es brenzlig wird."

„Die Telefonnummer von Jens habe ich leider nicht, aber die kann Ihnen mit Sicherheit Arthur geben. Er wird die Telefonnummer seines Onkels kennen."

„Richtig, dann werde ich mich zuerst an Jens wenden, damit der mir ein paar Infos über diese Wohngemeinschaft gibt. Ich muss verhindern, dass sie mich ebenfalls gleich beim ersten Kontakt abweisen. Dafür muss ich mir einen guten Plan ausdenken. Wissen Sie denn, ob Verena dort noch wohnt, oder ist sie inzwischen von da auch schon wieder weggezogen?"

„Sie wohnt noch dort. Das weiß ich hundertprozentig. Der Briefträger, ein netter älterer Herr, hatte Verena nämlich auch in sein Herz geschlossen, als sie hier bei mir wohnte. Und er hat mir heute Morgen davon berichtet, dass er sie dort gestern gesehen hat, wie sie mit zwei anderen Frauen die Hühner fütterte."

Ich überlegte einen Moment. „Das hört sich doch erst einmal ganz idyllisch an, ein Bauernhof mit Hühnern, draußen im Grünen, mitten in der Natur. Vielleicht sind diese dunklen Vermutungen nur Gerüchte. Von wem wissen Sie denn genau, dass es dort nicht mit rechten Dingen zugeht?"

„Von Jens. Der hatte tatsächlich für kurze Zeit einen Detektiv engagiert, um herauszufinden, was da läuft. Er hat von merkwürdigen Schwüren gesprochen, zu denen sich alle Bewohner des Hofes täglich mehrmals zusammen tun. Sie versichern sich dann gegenseitig jedes Mal, dass sie sich alle lieben und niemals verletzen werden und auch in der Zukunft zusammenbleiben wollen."

„Das hört sich für mich schon etwas komisch an", stimmte ich ihr zu. „Dann werde ich mir alles Weitere von Jens berichten lassen." Ich erhob mich. „Herzlichen Dank für Ihre Auskünfte, Frau Bieber!"

„Ich danke Ihnen, Frau Mühlberg! Ich habe Verena ins Herz geschlossen und hoffe, dass Sie etwas erreichen. Es wäre mir auch lieber, wenn sie dort nicht mehr wohnte. Aber jetzt können Sie der Tante wenigstens schon einmal Bescheid geben, dass ihre Nichte noch lebt."

Ich atmete erleichtert auf. „Ja, das ist doch schon einmal ein Erfolg."

Sie brachte mich zur Haustür und verabschiedete sich von mir mit vielen guten Wünschen.

Im Rückspiegel sah ich, dass sie mir noch eine Weile hinterherwinkte.

***

Als ich links und rechts neben mir riesige Apfelplantagen entdeckte, suchte ich mir dort einen Parkplatz aus und versuchte, Irene zu erreichen, um ihr die neuesten Ergebnisse mitzuteilen. Diesmal hatte ich kein Glück, daher schrieb ich ihr eine Kurznachricht, die alles andere als kurz ausfiel, da sich all diese Neuigkeiten nicht mit wenigen Worten berichten ließen.

Als ich damit fertig war, entdeckte ich, dass mir Frau Bieber inzwischen die Telefonnummer von Jens Frühling geschickt hatte, und so nutzte ich die Gelegenheit, um ihn anzuwählen.

Es war mitten am Tag, deswegen hatte ich dabei Bedenken, denn ich wusste, dass er als Assistenzarzt arbeitete und möglicherweise gerade Dienst hatte.

Eine junge, männliche Stimme meldete sich mit „Frühling".

„Mühlberg, guten Tag! Dürfte ich sie einmal wegen Verena Bosch in einer besonderen Angelegenheit sprechen?"

„Ja natürlich, um was geht es denn genau?"

Ich berichtete ihm von meiner Suche, und an seinen Fragen und Antworten hörte ich, wie besorgt er um Verena war.

„Was für einen Plan haben Sie denn jetzt, Frau Mühlberg? Ich werde Sie auf jeden Fall unterstützen, wo ich kann."

„Ich werde mich in Bezugnahme auf meine spärlichen Esoterikkenntnisse dort einschleichen, hätte aber dafür von Ihnen noch einiges über die Personen auf dem Hof gewusst."

„Wann haben Sie vor, dorthin zu gehen, Frau Mühlberg?"

„Am liebsten, sobald wie möglich. Vielleicht morgen? Wann kann man sie denn dort antreffen, und wann ist Verena möglicherweise einmal allein?"

„Allein wird sie niemals sein. Und im Prinzip arbeiten sie dort auch alle auf dem Bauernhof, das heißt, meist sind sie alle zusammen dort. Der Detektiv, den ich einmal beauftragt hatte, hat mir so einiges von ihren Gewohnheiten geschildert. Zum Einkaufen fahren meist zwei Personen, ein Mann und eine Frau, da wechseln sie sich dann ab. Aber wenn Verena mit dem Einkaufen dran ist, wird sie jedes Mal von Frederic selbst begleitet. Allerdings haben sie auch dort eine Werkstatt, in der jeden Tag zwei Männer und eine Frau arbeiten. Verena ist wohl abwechselnd zur Gartenarbeit, zum Kochen oder zur Hausarbeit eingeteilt, immer in Begleitung von einer zweiten Person. Abends machen sie dann ihre Mußestunden, singen und basteln und malen. Da sind dann alle zusammen, das ist möglicherweise kein idealer Zeitpunkt, um dort aufzutauchen."

„Nein, gewiss nicht. Aber das, was sie mir da erzählen, hört sich doch ziemlich idyllisch an. So möchten doch bestimmt einige Leute leben, in so einer Landhausromantik."

„Wenn es eben nur das wäre! Aber leider wird sie dort gezwungen, alles mitzumachen, hat keine Freiheiten und kein eigenes Leben."

„Haben Sie sie denn einmal gefragt, ob sie dort so leben will, Herr Frühling?"

„Ja, ich war mehrere Male dort, und sie hat mir ganz gut zugehört, als ich sie fragte, ob sie wirklich dort bleiben möchte. Beim ersten Mal hat sie ganz schüchtern ihre Begleiterin angeschaut, so, als wüsste sie nicht, was sie nun antworten dürfte. Da haben mir die beiden dann auch die Nase vor der Tür zugemacht. Beim nächsten Mal hat sie mir dann wie auswendig gelernt gesagt, dass es ihr dort sehr gut gefällt, dass sie da auf jeden Fall bleiben möchte. Natürlich habe ich sie gefragt, ob ich sie einmal besuchen darf. Aber das hat sie sofort abgelehnt. Es ist schon merkwürdig. Vor allen Dingen ist es mir nicht klar, warum Verena dort bleiben muss. Das konnte der Detektiv bisher auch noch nicht für mich herausfinden. Und ehrlich gesagt, es hätte auch mein Budget gesprengt, wenn er zu lange für mich gearbeitet hätte."

„Gut, ich arbeite umsonst. Ich bekomme hier nur die Spesen und freue mich einfach, wenn ich in dieser Weise jemandem helfen kann. Ich bin bekannt als eine Art Hobby-Detektivin."

„Grandios!" freute er sich. „Ich werde Sie natürlich unterstützen. Morgen Vormittag habe ich keinen Dienst, dann könnte ich mit Ihnen dorthin gehen. Ich werde im Wagen bleiben und dort auf Sie warten, und Sie können mich natürlich jederzeit rufen, falls Sie mich brauchen."

„Das ist eine gute Idee. Bis dahin habe ich auch noch genügend Zeit, mir eine gute Geschichte auszudenken."

Wir verabredeten uns für den nächsten Morgen und wünschen uns gegenseitig noch einen erfolgreichen Rest des Tages.

Auf der Strecke zwischen Meckenheim und Bonn fand ich einen kleinen Gasthof. Er hieß „Bahnhof Kottenforst" und war nach dem Wald benannt, an dessen Rand er sich befand.

Mit dem Blick auf einen kleinen Garten, der sich in winterliches Braun kleidete, nahm ich eine kleine Mahlzeit zu mir.

Danach versuchte ich erneut, Irene zu erreichen. Dieses Mal hatte ich Glück, erfreut meldete sie sich am Telefon. „Gibt es etwas Neues?"

Es dauerte eine ganze Weile, bis ich ihr die neuesten Ergebnisse mitgeteilt hatte. Als sie hörte, dass ich Verena gefunden hatte, und dass sie noch lebte und gesund war, weinte sie vor Rührung.

„Ich weiß gar nicht, wie ich dir danken soll. Und was willst du nun tun?"

Ich berichtete ihr, dass ich sie besuchen wollte, um herauszufinden, ob sie sich wirklich freiwillig unter den Bewohnern des Bauernhofes aufhielt.

„Ja, das ist wichtig", stimmte sie mir zu. „Wenn es ihr ja gut geht, will ich ganz zufrieden sein. Dann ist es ja vielleicht auch möglich, dass ich mich einmal unter einem Vorwand bei ihr sehen lasse, wenigstens, um sie einmal kurz wiederzusehen."

„Ich denke, Jens Frühling wird uns dabei behilflich sein. Er war auch schon sehr ideenreich und ist immer noch sehr bemüht um Verena, habe ich den Eindruck. Da können wir bestimmt auf ihn zählen."

„Ich will dich auch nicht zu lange dort aufhalten, Abigail. Du hast ja auch noch etwas anderes zu tun. Und ich glaube, du hast deine Haupt- Berufsarbeit im Augenblick schmählich vernachlässigt, um mir zu helfen. Wenn du also morgen kein Glück bei ihr hast, und noch nichts Wesentliches dabei rauskommt, kannst du unbesorgt erst einmal zurückkommen nach Sankt Augustine. Ich denke, dein Freund vermisst dich bestimmt auch schon."

„Natürlich freue ich mich, wenn ich wieder nach Hause komme, besonders auf Ermanno, aber warten wir erst einmal ab, was ich morgen dort erlebe. Und wie geht es dir eigentlich? Gibt es etwas Neues bei dir und Giorgio?"

„Er ist wirklich so aufmerksam, wie ich es bei noch keinem Mann erlebt habe. Heute hat er mir lachsrote Rosen mitgebracht, einen wunderschönen Strauß."

Mir kam eine Idee, wie ich sie unbemerkt etwas besser über ihn ausfragen konnte, ohne verdächtig zu erscheinen. „Wenn sich dein neuer Freund immer so absondert von seinen beiden Teamkollegen, sind sie dann nicht sauer? Er verbringt doch sicher viel Zeit bei dir, und die beiden anderen hängen dann hier allein herum."

„Ach, das macht den anderen beiden nichts aus. Der eine liebt den Gutshof von Jasmin und Senta und hilft dort in seiner Freizeit als Ausgleich ein bisschen bei den Tieren. Der andere scheint ein Auge auf Greta geworfen zu haben, die er neulich bei einem Spaziergang ins Blumenviertel kennen gelernt hat. Beide haben also etwas zu tun."

„Hast du sie nicht schon einmal gemeinsam bei dir eingeladen? Alle drei zu einem Essen zum Beispiel?" bohrte ich weiter. Dann könntest du sie auch einmal kennen lernen. Vielleicht sind sie auch ganz nett und freuen sich mit Giorgio an eurer Bekanntschaft."

„Ach nein, der Roberto liebt das Essen im Gutshaus, und Vicente kocht sich am liebsten selbst."

Beinahe wäre mit das Telefon aus der Hand gefallen. „Ach so! Ich wusste noch gar nicht, wie die beiden heißen. Und dein Bekannter heißt also Giorgio und restauriert das Theater", stammelte ich.

„Aber, Abigail! Bist du mit deinen Gedanken vielleicht ganz woanders? Das habe ich dir doch schon mehrere Male gesagt."

„Tut mir leid, Irene. Natürlich, wie weit ist denn eigentlich eure Beziehung fortgeschritten?"

Sie lachte. „Jetzt bist du aber ganz neugierig. Wir haben noch kein Verhältnis miteinander, wenn du das meinst. Bisher ist noch nichts anderes passiert, außer einem flüchtigen Kuss. Obwohl ich in seiner Gegenwart immer das Gefühl habe, dass er mehr möchte. Und ich will es auch."

Jetzt musste ich die Notbremse ziehen. „Damit würde ich auch so lange wie möglich warten", empfahl ich ihr. „Was weißt du denn schon groß von ihm?! Möglicherweise hat er eine Familie oder wenigstens eine Frau. Habt ihr schon einmal darüber gesprochen?"

„Bisher noch nicht. Ich sah keine Veranlassung dazu. Ich dachte, wenn er so von sich aus jeden Tag zu mir kommt, dann hat er bestimmt keine feste Partnerin."

„An deinen mangelnden Italienischkenntnissen kann es ja jedenfalls nicht liegen", stellte ich fest. „Aber ich kenne eine ganze Reihe von Männern, die ihre Ehe so lange verschweigen bis man sie danach fragt, und manche noch länger."

„Also gut, wenn du meinst. Ich werde das Thema mal darauf bringen. Vermutlich wird er nicht sehr erfreut sein, wenn ich ihn frage. Es nimmt auch die ganze Romantik."

„Lieber jetzt ein bisschen weniger Romantik und später keine Enttäuschung. Ich will dir jetzt auch nicht die Stimmung verderben, ich möchte nur, dass du dann nachher auf Dauer glücklich bist."

Wieder lachte sie ein unbekümmertes Lachen. „Ich glaube, du bist etwas überarbeitet, und hast dich für mich zu sehr angestrengt. Daher siehst du jetzt alles viel zu schwarz. Warum sollte er an mir Interesse zeigen, wenn er eine Partnerin hätte?"

„Weil er sich hier allein fühlt. Er ist weit weg von seiner Heimat und auch von allen Personen die dort leben. Da braucht man schon mal Trost."

„Es sieht aber nicht aus, als würde er sich mit mir nur trösten", behauptete sie. „Er zeigt so großes

Interesse an mir. So etwas habe ich noch nie erlebt. Er ist so sensibel und aufmerksam."

Sollte ich ihr sagen, dass ich ziemlich sicher war, dass es sich hier um Teresas Mann handelte? Aber würde sie mir das glauben? Sollte ihr das nicht lieber Giorgio selber sagen? Und vielleicht war es auch gar nicht der Beginn einer Beziehung, vielleicht sah er in ihr wirklich nur eine nette Freundin und wollte gar keine Affäre mit ihr?

Aber was, wenn ich schwieg? Theresa würde in den nächsten Tagen nach Sankt Augustine kommen. Was wäre das für eine Katastrophe, wenn sie ihren Mann in flagranti erwischte?

„Das freut mich auch wirklich für dich, liebe Irene. So etwas sollte man, wenn möglich, genießen. Aber bevor du mit ihm etwas ernst anfängst, fragst du ihn doch bitte einmal, ob er vergeben ist."

„Du Quälgeist! Gut, ich verspreche es dir. Schade, dass du momentan nicht in Sankt Augustine bist. Bei euch im Schloss gibt es gerade wieder ein reichhaltiges Programm. Die jungen Künstler geben eine Woche der offenen Tür mit kleinen Konzerten am Abend. Das findet in der trüben Winterzeit gerade großen Anklang."

„Davon wusste ich noch gar nichts, Irene. Das kann aber unmöglich von langer Hand geplant sein."

„Das war es auch nicht. Diese Greta von Blumenviertel hat das ganz spontan organisiert, ich glaube, um den Roberto etwas von sich abzulenken, der ihr wie ein Hündchen nachläuft. So vertreiben sich dann dort alle, die können, Tags die Zeit, und am Abend treffen dann die Restlichen ein."

„Hört sich gut an. Dann wünsche ich dir jetzt auch weiter einen guten Tag. Ich werde mich jetzt gleich auch erst mal wieder auf den Venusberg begeben, um noch ein bisschen für morgen zu planen und ganz nebenbei auch noch etwas Arbeit für meinen Chef zu erledigen."

Nachdem sie mir weiter viel Erfolg gewünscht hatte und ich das Gespräch mit einer Sorgenfalte auf der Stirn beendete, hatte ich das Bedürfnis, mit Ermanno zu telefonieren.

„Du hast Glück, Amore", freute er sich. „Wir haben heute ein Projekt beendet, und etwas früher Schluss gemacht. Morgen geht es dann mit einem neuen Thema weiter. Hat dir schon jemand von den neuesten Darbietungen im Schloss erzählt?"

„Ja, Irene eben. Dann habt ihr viel Abwechslung dort. Vielleicht ist auch das eine oder andere Interessante für dich dabei."

„Greta hat mich angesprochen und gebeten, ob ich nicht auch einen Geologie und Biologie-Tageskurs zu bieten habe mit ein paar Gesteinsproben und Bilder von Pflanzen. Was meinst du, hat es Sinn, da mitzumachen?"

„Wenn dir das Spaß macht und du die Zeit erübrigen kannst?! Für mich hört sich das ganz gut an, ich zum Beispiel hätte daran großes Interesse. Ich erinnere mich an unsere Bergtouren in Norditalien hoch oben an den Berggipfeln in der Nähe von Mühlwald. Deine fachlichen Berichte haben mich damals schon fasziniert. Und ich könnte mir vorstellen, dass du auch andere Leute dafür begeistern kannst."

„Schade, dass du da nicht hier sein kannst", bedauerte er. „Aber ich werde es noch einmal wiederholen, wenn du da bist."

„Aber ich komme nur, wenn es kostenlos für mich ist."

„Oh, so ganz kostenlos wird es für dich nicht werden. Ich werde mir eine ganze Menge von dir dafür wünschen", ging er auf mein Spaß ein.

Nachdem wir uns, wie jedes Mal, mit ein paar zärtlichen Worten verabschiedet hatten, fuhr ich zurück in Richtung Bonn, um mich in der Jugendherberge auf den kommenden Tag vorzubereiten.

***

Ich traf mich mit Jens am Vormittag des nächsten Tages in der Nähe des Bauernhofes auf einem kleinen Parkplatz in der Nähe von Rheinbach. Der junge, dunkelhaarige Mann machte auf mich einen sympathischen Eindruck.

Gemeinsam näherten wir uns den Gebäuden, bis wir einen Überblick über die Anlage hatten.

Hinter einer Hecke blieben wir stehen und späten in alle Richtungen.

Wir bemerkten zwei Frauen, die mit Gartenarbeit beschäftigt waren. Jens blickte mit seinem Fernglas hinüber. „Die Eine ist tatsächlich Verena. Ich hatte es mir schon gedacht, denn um diese Zeit arbeiten immer zwei der Frauen im Garten, wenn es nicht gerade regnet oder schneit. Dann kann es ja jetzt losgehen." Er steckte mir einen kleinen Notrufsender zu und zeigte mir den Pieper in seiner anderen Hand. „Damit meldest du dich, wenn irgendetwas Gefährliches passiert! Ich werde dich aber auch von hier aus mit dem Fernglas beobachten. Wenn einer der Männer dazukommt, oder sogar Frederic, sehe ich das, und du kannst mir ein Handzeichen geben, falls ich dazu kommen soll."

„So machen wir das", bestätigte ich es ihm und zog los.

Als die beiden Frauen mich kommen sahen, legten sie ihre Arbeit nieder und sahen mich erwartungsvoll an. Ich begrüße sie und stellte mich mit meinem Namen vor, verschwieg aber wohlweislich meinen Beruf.

Ihre Blicke maßen mich befremdet. „Wen suchen Sie hier?" fragte die Frau, die neben Verena stand.

„Ich weiß nicht, ob es stimmt, aber jemand aus Rheinbach hat mir verraten, dass man hier ein paar Tage Urlaub machen kann und dabei auch an einem Esoterik-Kurs teilnehmen kann, so eine Art Meditationsurlaub, wie man sie auch in Klöstern findet. Ich selbst habe Kenntnisse in der Astrologie und mit Wahrsagekarten. Das ist das, was ich meist im Gegenzug dazu anbiete. Können Sie mir dazu etwas sagen?"

Die beiden sahen sich erstaunt an. „Davon wissen wir gar nichts. Wer hat Ihnen denn das gesagt?"

„Nicholas Maier", erfand ich schnell einen Namen. „Deswegen bin ich jetzt extra nach Bonn gekommen und wohne zurzeit in der Jugendherberge auf den Venusberg. Ich wollte mich lieber erst einmal selbst bei Ihnen erkundigen, ob das alles so seine Richtigkeit hat."

Die Frau neben Verena schenkte mir einen zweifelnden Blick. „Den kennen wir nicht. Hatte er denn behauptet, er wäre schon einmal hier gewesen?"

„Nein, er selbst war auch noch nicht hier, aber jemand hat ihm einen Frederic hier empfohlen, der wäre hier der Leiter dieses Esoterikzentrums."

„Das ist bestimmt ein Irrtum, eine Verwechslung", vermutete Verena. „Ich habe noch nichts davon gehört hier. Du etwa, Angelika?"

Die Angesprochene schüttelte den Kopf. „Nein. Ich weiß auch nicht, wie da einer drauf kommen kann?"

Ich setzte eine enttäuschte Miene auf. „Und Urlaub kann man hier auch nicht machen?"

Angelika schüttelte den Kopf erneut. „Nein, wir vermieten hier keine Zimmer."

„Ach! Was mache ich denn jetzt? Ich hatte so dringend den Wunsch, meinen Kopf frei zu bekommen. Die weite Reise habe ich extra dafür angetreten. Sind Sie sich sicher, dass sie da keine Ausnahme machen können? Wenn es Sommer wäre, könnte ich hier auf dem Stroh in einer Scheune schlafen. Aber vielleicht haben Sie irgendwo auf dem Dachboden ein Feldbett. Dieser Geruch hier, diese Landluft, das allein würde mir schon gut tun."

Während Angelika ein verschlossenes Gesicht zeigte, schien Verena mit mir Mitleid zu haben.

„Ich könnte einmal mit Frederic reden. Vielleicht macht er eine Ausnahme. Was hätten Sie denn dafür zu bieten? Sie können Horoskope erstellen und die Karten legen?"

„Ja, das ist meine Spezialität", log ich und tröstete mich damit, dass manchmal der Zweck die Mittel heiligt.

„Das klingt aber sehr interessant", fand Verena. „So etwas fehlt uns hier noch."

„Dann haben Sie also doch etwas mit Esoterik zu tun?" wagte ich zu fragen.

„So würde ich es nicht nennen", berichtigte mich Angelika. „Wir sind hier ein Meditationszentrum und tun etwas für unseren Geist und unsere Seele."

„Oh, wie schön! Dann sind sie wohl sehr wertvolle Menschen und wollen den Mitmenschen Liebe und Frieden bringen, nachdem sie ihre eigene Person in Harmonie gebracht haben", behauptete ich.

Die beiden betrachteten mich jetzt schon etwas freundlicher, es schien so, als sähen sie mich jetzt nicht mehr als Eindringling.

„Geben Sie uns doch einfach mal Ihre Telefonnummer", schlug mir Verena vor. „Ich werde auf jeden Fall einmal mit Frederic reden, ob wir etwas für Sie tun können."

„Wir werden heute Abend eine Versammlung einberufen", wandte sich Angelika an mich. „Und dann sagen wir Ihnen Bescheid, was sich daraus ergeben hat."

Ich sah die beiden dankbar an. „Das wäre für mich ein besonderes Geschenk. Eine unverdiente Gabe des Himmels." Ich hoffte, den spirituellen Ton der Gruppe gefunden zu haben, oder jedenfalls einen ähnlichen.

Den beiden schien meine Wortwahl zu gefallen. Der Gesichtsausdruck der Frauen entspannte und erhellte sich. Eilig schrieb ich meine Handynummer auf einen Zettel und reichte ihn Verena. „Ich will Sie jetzt nicht länger bei ihrer Tätigkeit stören, schließlich muss die Arbeit fließen, wenn man gesund bleiben will."

„So ist es", antwortete mir Angelika.

Beide wünschten mir eine gute Heimfahrt und sahen mir nach, als ich davonging. Ob sie mir meinen Schwindel abgenommen hatten? Ich war mir nicht sicher, aber ich hoffte es.

Jens, der geduldig auf mich gewartet hatte, freute sich über meinen Teilerfolg.

„Das haben Sie gut hinbekommen. Wenn Sie tatsächlich dort aufgenommen werden, müssen wir aber auch noch einen Notfallplan entwerfen. Nicht, dass Sie dort plötzlich auch in der Gruppe verschwinden."

„Vor allen Dingen muss ich meine eigenen Nahrungsmittel unbedingt mit dorthin nehmen. Eigene Speisen und eigene Getränke, damit man mir keine Drogen unterjubeln kann. Im Moment kamen mir die beiden allerdings gar nicht so vor, als hätte man sie unter Drogen gesetzt, sondern erschienen mir völlig klar. Aber ich bin noch überhaupt nicht sicher, dass es klappen wird. Wenn auch die beiden jetzt schon interessiert waren, mich und meine angebliche Tätigkeit kennenzulernen, weiß ich natürlich nicht, wie die anderen vier

Personen und besonders Frederic darüber denken. Vermutlich ist er so eine Art Boss von der Truppe."

Wir spazierten zurück zum Parkplatz.

„Dann können wir hier für heute nichts mehr tun", überlegte Jens. „Darf ich Sie zu einem Kaffee einladen?"

Die kühle, frische Landluft hatte in mir Appetit geweckt. „Wie wäre es mit einem zweiten Frühstück? Ich lade Sie dazu ein."

„Frühstück ja, einladen nein. Sie haben bestimmt schon gemerkt, wie wichtig es mir ist, dass Verena nicht mehr unter diesen Leuten ist. Deswegen bin ich Ihnen etwas schuldig. Ich selbst kann mich dort leider nicht mehr sehen lassen, habe da sozusagen Hausverbot."

„Dann sollten wir vielleicht auch nicht gerade in Rheinbach unser zweites Frühstück einnehmen", schlug ich vor, „man sollte uns dort nicht zusammen sehen."

Wir trennten uns kurz, jeder fuhr mit seinem Auto von Rheinbach nach Meckenheim, wo wir uns vor einem der zahlreichen Cafés wiedertrafen.

Während wir in einer gemütlichen Ecke Brötchen aßen und Kakao und Kaffee tranken, ließ ich mir von ihm berichten, wie er Verena kennengelernt hatte.

„Das war eigentlich keine romantische Begegnung", begann er. „Es war noch zu der Zeit, als sie mit meinem Bruder Oliver zusammen war. Er hatte sie in Bonn, in seinem Fotoladen eingesetzt. Dort betreute sie die jungen Mädchen und jungen Frauen, die sich von ihm fotografieren lassen wollten und die in die Casting-Agentur aufgenommen werden wollten, mit der Oliver gemeinsam arbeitet. Ich wollte dort ein Passfoto machen lassen für eine Bewerbung, sah Verena und verliebte mich, wie Sie bestimmt schon gemerkt haben. Ich habe mich mit ihr unterhalten und bin dann ein paar Tage hintereinander dorthin gekommen, immer wieder unter einem anderen Vorwand. Ich habe sogar eine Fotoserie von meinem Neffen Arthur dort herstellen lassen, nur um mit Verena in Kontakt zu kommen. Aber sie war zu der Zeit wirklich noch total in meinem Bruder verliebt. Damals habe ich sie auch ein bisschen ausgehorcht, weil gemunkelt wird, dass es bei den jungen Mädchen auch um Drogen geht. Manche vermuteten sogar Mädchenhandel. Aber als ich darüber mit Verena sprach, meinte sie, das sei ganz absurd und lachte mich aus. Und außerdem widersprach dem ja später auch, dass er sie nicht verschwinden ließ, nachdem er sich von ihr trennte. Er weiß, dass Verena auf dem

Bauernhof lebt. Wenn Sie irgendwelche kriminellen Machenschaften hätte verraten können, würde er sie da bestimmt nicht so leben lassen, sondern hätte schon dafür gesorgt, dass sie nichts verraten kann."

Ich schüttelte leicht den Kopf. „Irgendwie geht diese ganze Rechnung nicht auf. Etwas stimmt nicht an unseren Überlegungen. Wenn sie natürlich auf dem Bauernhof den ganzen Tag unter Drogen stünde, würde sie vermutlich auch den Mund halten. Aber sie kam mir völlig klar vor. Das kann ich so gar nicht verstehen. Oder man hat ihr vielleicht gedroht, ihr etwas anzutun."

„Oder es gibt weder bei seiner Arbeit, noch im Gutshof Drogen. Falls Sie tatsächlich dort aufgenommen werden, Frau Mühlberg, gebe ich Ihnen aber ein ganz neuartiges Pflaster mit, das kleben Sie Verena dann ganz unbemerkt auf den Arm. Es verfärbt sich bei jeder Art von Drogen."

„Das ist eine gute Idee. Was glauben Sie denn über Ihren Bruder? Zu was ist er fähig?"

Er atmete tief. „Das ist schwer zu beantworten. Er hat sich früher schon immer die Wege ausgesucht, die nicht ganz legal waren. Das fing schon in der Schule an mit dem Abschreiben der Hausaufgaben und endete dann in so einer Art Jugendbande, die ihm mit seinen Taten einige Strafen einbrachte. Und dann wandelte er sich plötzlich vom Kleinkriminellen zum seriösen Fotografen. Ich traue ihm schon zu, dass er nach Möglichkeit das Gesetz umgeht, wenn er sich Vorteile davon verspricht."

Ich seufzte. „Wenn Sie ihn schon nicht so gut kennen, dass Sie sagen können, zu was er fähig ist, wie soll es dann einem Fremden ergehen?! Ich habe ihn bis jetzt noch nicht kennengelernt, nur Kerstin, und die war mir sehr unsympathisch."

„Kerstin tut schon seit Jahren alles für meinen Bruder, und sie würde ihn jederzeit decken oder auch falsche Alibis geben. So taff sie auch sonst tut, ihm scheint sie hörig zu sein. Die würde ihn niemals verraten. Und wenn sie irgendwie das Gefühl hat, jemand hat etwas gegen Oliver, dann verteidigt sie ihn wie eine Löwenmutter. Eifersüchtig ist sie auch, besonders nachdem er die Affäre mit Verena hatte. Was ja auch irgendwo verständlich ist. Verena wusste übrigens nichts von Kerstin, als sie mit meinem Bruder zusammen war. Er hatte ihr nicht verraten, dass er vorher fest liiert war, sondern hat sie im Glauben gelassen, dass es keine feste Partnerin für ihn gab."

„Auch nicht die feine Tour", fand ich. „Ehrlichkeit wäre da besser gewesen. Das war ein sehr aufschlussreiches Frühstück, nun bin ich schon wieder etwas schlauer. Jetzt will ich keine Zeit verlieren, weil ich bei Adelaide vorsichtshalber heute Nachmittag noch etwas Unterricht nehmen muss, um über einige esoterische Themen informiert zu sein."

„Es ist toll, wie Sie sich da reinsteigern", fand er.

„Sie können mich jederzeit anrufen, wenn sie meine Hilfe benötigen. Bitte sagen Sie mir auch sofort Bescheid, wenn sich das Team vom Bauernhof zu irgendetwas entschieden hat."

Wir verabschiedeten uns voneinander mit dem Gefühl, einen guten Teampartner gefunden zu haben. Eilig bestieg ich mein Auto und fuhr zum Venusberg zurück.

***

Den Nachmittag und Abend verbrachte ich damit, so viele Informationen wie möglich von Adelaide einzuholen. Sie empfahl mir, gleich am anderen Morgen in einem entsprechenden Laden, ein Kartendeck zu kaufen, mit dem ich den Bewohnern des Hofes meine Tätigkeit als Kartenlegerin vorspielen konnte. Für den Bereich der Astrologie, empfahl sie mir die benötigten Geburtsdaten sofort an sie weiterzuleiten, damit sie die Bearbeitung vornehmen könnte. Per Video-Anruf übten wir mehrere Stunden, wie ich Aussagen zu formulieren hatte, die ähnlich, wie bei der alten Pythia in Griechenland mit einer Doppeldeutigkeit immer ins Schwarze trafen.

„Es ist unmöglich, dass ich dir jetzt an einem Nachmittag beibringen kann, wie man auch mit einem Kartendeck Menschen hilft, auch ohne Hellseherin zu sein. Aber wenn du ihnen schon etwas sagen musst, dann wenigstens etwas, das auf jeden Fall nicht falsch sein kann."

Als wir am späten Abend die Lektionen beendet hatten, war sie sehr zuversichtlich. „Wenn du nun noch deine Menschenkenntnis hinzunimmst und herausfindest, mit welchen Typ du es zu tun hast, dann kann dir nichts passieren. Du wirst sehr schnell merken, was der einzelne Mensch von dir hören will. Ich wünsche dir also viel Erfolg, falls sie dich wirklich in ihre Gruppe mit aufnehmen!"

Nachdem wir die langen Gespräche beendet hatten, rief ich Irene an und teilte ihr die Erlebnisse des heutigen Tages mit.

Sie freute sich. „Wahnsinn! Dann hast du also auch schon mit ihr gesprochen. Und? Macht sie auch wirklich einen gesunden Eindruck?"

„Ja, sie wirkte auf mich völlig normal, vielleicht war sie am Anfang ein wenig schüchtern, aber das hat sich dann später gelegt. Sie sah gut aus, mit einer frischen Hautfarbe, wahrscheinlich weil sie so viel im Garten arbeitet. Das ist gesund."

„Ich habe dir schon gesagt, wenn es ihr wirklich dort gut gefällt, und sie wird nicht gezwungen, dazubleiben, dann will ich sie auch gar nicht weiter stören. Dann werde ich das akzeptieren, dass sie mit mir keinen Kontakt haben möchte."

„Warte es doch erst einmal ab! Vielleicht steckt ja doch noch ein Geheimnis hinter der ganzen Sache. Behalte einfach die Hoffnung. Wie läuft es denn mit Giorgio?"

Heute Abend hatte er keine Zeit. Sie mussten Überstunden machen, alle drei. Es ging um ein bestimmtes Material, das ganz frisch verarbeitet werden muss. Aber morgen werden wir uns wieder sehen, das hatte mir schon versprochen."

„Dann warst du also allein heute Abend? Dann konntest du ihn auch gar nicht wegen einer Partnerschaft fragen, Irene", überlegte ich.

„Ist ja auch nicht so dringend. Ich war heute Abend im Schloss und habe mir die hübschen kleinen Darbietungen angesehen. Aber an deiner Stelle würde ich ein bisschen aufpassen. Diese Greta schmeißt sich ja ganz schön an deinen Ermanno heran."

„Greta? Das glaube ich nicht. Sie ist mittlerweile meine Freundin geworden und mir dankbar, dass ich ihr geholfen habe."

„Pah! Als ob das bestimmten Frauen etwas ausmachte! Da machen sich manche sogar ein Hobby daraus, den Freundinnen den Partner auszuspannen."

Ich hatte gute Lust, ihr zu sagen, dass sie möglicherweise auch gerade dabei war, einer Frau den Partner auszuspannen, aber ich schwieg immer noch dazu.

„Außerdem haben die beiden noch ein Projekt zusammen. Ermanno soll auch bei der Woche der offenen Tür mitarbeiten und ein Seminar über seine Fachbereiche geben, Greta hatte diese Idee."

„Gerade darum! Sei doch nicht so naiv, Abigail! Damit will sie doch Ermanno nur imponieren und will ihm zeigen, wie sehr sie seine Arbeit schätzt, und was er doch für ein toller Mann ist."

„Ich vertraue Ermanno, so, wie er mir auch vertraut. Ich habe hier auch mit Männern zu tun. Zwar waren die bisher alle um einige Jährchen jünger als ich, aber das hat doch wohl heute auch noch nichts zu sagen. Nein, Irene! Ich glaube nicht, dass ich mir da Sorgen machen muss. Wir hatten gerade jetzt einen so wunderschönen Urlaub auf

Sizilien, den wir genossen haben, in jeder Beziehung."

„Gelegenheit macht Liebe. Das ist doch bekannt. Ich weiß, dass du meinetwegen dort bist, aber ich stelle dir auch frei zurückzukommen. Schließlich hast du Verena nun schon gefunden, das ist doch auch schon einmal was. Das reicht doch jetzt auch für den Anfang. Du könntest jetzt erst einmal Pause machen und zurückkommen und nach deinem Ermanno sehen."

„Ich muss jetzt erst einmal abwarten, wie sich das Team entscheidet. Bisher kennen die mich noch nicht, wenn ich aber erst nach Sankt Augustine zurückfahre, könnten sie lange Erkundigungen einziehen und darauf kommen, dass ich vielleicht auf der Suche nach Verena bin, dann verliere ich bestimmt jeden Zugang zu ihnen."

„Ich fürchte, du wirst sowieso von ihnen entdeckt, weil sie sich mit Sicherheit auch jetzt schon heute nach dir erkundigen, auf jeden Fall bevor du bei ihnen wohnen darfst."

„Vielleicht auch nicht. Wenn sie nämlich auch noch alle so sehr naturverbunden sind, dann meiden sie auch die Computer und den ständigen Umgang mit diesen elektronischen Geräten, die schädliche Strahlungen aussenden. Ich vertraue wieder einmal auf mein Glück."

„Das solltest du nicht nur, Abigail! Denn wenn sie Verena gegen ihren Willen mit irgendetwas festhalten, vielleicht auch nur, um eine billige Arbeitskraft zu haben, dann ist mindestens einer von ihnen kriminell, und vor dem solltest du dich in Acht nehmen. Komm lieber nach Hause!"

„Noch ist dort nichts, was ich gefährlich finden kann, Irene. Jens, der Arzt hat mir einen

Alarmknopf mitgegeben, mit dem wird er dann immer angepiept, das ist so eine Art Notruf. Und er wird sicherlich immer sofort etwas unternehmen, wenn ich dort seine Hilfe brauche. Ich überlege aber gerade, ob ich mich nicht doch einmal an Oliver wenden soll. Vielleicht kann er etwas unternehmen oder einmal nachschauen, was dort auf dem Gutshof los ist."

„Er hat sicherlich kein Interesse mehr an Verena, sonst hätte er sie nicht so einfach fallen gelassen. Damit würdest du dir vermutlich noch mehr Feinde machen, wenn bei ihm in seinem Geschäftsmodell auch irgendetwas nicht stimmt."

„Du hast Recht. Aber vielleicht kann mir Arthur noch einmal helfen. Das ist ein fixes Kerlchen, und ich glaube, er bekommt immer mehr mit als man denkt. Ich werde ihn morgen noch einmal anrufen, und noch ein bisschen nachhören, ob er noch irgendwelche Dinge weiß, die für mich interessant sein könnten."

„Gut, du musst wissen was du tust, Abigail. Von mir aus kannst du jetzt alles abbrechen. Und wenn nicht, dann wünsche ich dir weiterhin viel Erfolg!"

„Danke dir! Und als du vorhin sagtest, Greta würde sich an Ermanno heranschmeißen, was meintest du eigentlich damit?"

„Sie schwirrte den ganzen Abend um ihn herum, saß neben ihm und hat ihn ständig verführerisch angelächelt. Das reichte für mich schon, um zu sehen, dass sie sich ein neues Opfer ausgesucht hat."

„Mal sehen. Ich werde gleich sowieso noch mit Ermanno sprechen, vielleicht erzählt er mir etwas darüber."

„Na dann gute Nacht!" sagte sie zweideutig zu mir und verabschiedete sich.

Ich sah auf mein Handy und stellte fest, dass mir Theresa eine Nachricht geschrieben hatte, kurz und bündig und unmissverständlich: „Liebe Abigail, ich komme übermorgen. Freue mich schon sehr darauf. Theresa."

Ich erschrak. So bald? Darum musste ich mich irgendwie auch noch kümmern. Aber ich war hier in Bonn und das Drama konnte sich in Sankt Augustine abspielen, ohne dass ich eingreifen konnte. Ich musste mir doch noch etwas überlegen, um Irene wachzurütteln. Oder sollte ich einfach Giorgio anrufen? Gewiss würde mir Moro Rossini seine Telefonnummer geben.

Ich schaute auf das Handy. Nein, heute war es schon zu spät, um bei den Rossinis anzufragen, ich wusste, dass der Maler abends schon gegen sieben Uhr zu Bett ging. Gleich morgen früh wollte ich mich erkundigen.

Gerade als ich Ermannos Nummern tippen wollte, meldete sich das Handy mit einer unbekannten Telefonnummer von einem Festnetz-Anschluss.

Eine mir ebenfalls unbekannte Männerstimme meldete sich. „Guten Abend! Hier ist Frederic Börner. Entschuldigen Sie, dass ich zu so später Stunde anrufe. Ich bin der Leiter des Hofprojekts in der Nähe von Rheinbach. Sie hatten heute bei uns angefragt, ob Sie ein Meditationswochenende bei uns buchen können. Ist das so richtig?"

„Ja, so ähnlich hatte ich mir das gedacht. Ich bin auf der Suche nach einem neuen Sinn meines Lebens. Da hätte ich gern eine Meditationshilfe."

„Wenn Angelika das so richtig verstanden hat, würden Sie gerne auch Ihren Teil aus einem esoterischen Fachgebiet dazu beisteuern. Ist das auch so korrekt?"

„Ich könnte meine Kenntnisse in Astrologie und Kartenlegen anbieten", schlug ich vor.

„Ja, auch das hat mir Angelika erzählt. Wenn Sie morgen Vormittag Zeit haben, können Sie eine Kostprobe davon abliefern. Danach können wir dann weiter sehen."

Wenn ich weiterkommen wollte, musste ich darauf eingehen, denn das hieß jetzt: Alles oder nichts.

„Ich komme. Es ist zwar morgen nicht gerade der Tag für riesige Inspirationen des Kosmos", fantasierte ich, „aber es wird schon so weit gehen, dass Sie sich ein Bild machen können."

„Gut, dann seien Sie bitte pünktlich um 11:00 Uhr an dem Eingangstor des Hofes. Einen schönen guten Abend noch!"

Als er die Verbindung trennte, musste ich erst einmal diese überraschende Neuigkeit verdauen. Natürlich, ich sollte getestet werden. Vielleicht hätte ich lieber Adelaide mitgenommen, sie hätte da bestimmt mehr Erfahrung gehabt als ich. Aber es half nichts, jetzt musste ich die Situation in den Griff bekommen und mich da heraus retten. Mit der Astrologie kamen wir dann nicht weiter, ich würde keine Gelegenheit haben, zwischendurch Adelaide anzurufen oder sie mit Kurznachrichten zu kontaktieren. Also musste ich mit Wahrsagekarten improvisieren. So, wie ich jetzt gerade spontan einen besonderen Sprachstil benutzt hatte, würde ich auch morgen meine Fantasie spielen lassen. Wie gut, dass Adelaide keine Tarotkarten benutzte, die fast jeder kannte. Mit dem Kartendeck, das sie benutzte, konnte man schon etwas mehr anfangen. Es würde nicht einfach werden, aber immerhin, es ging um eine gute Sache, und das motivierte mich.

Endlich fand ich nun doch noch die Gelegenheit.
Ermanno anzurufen.

„Schön, dass du endlich anrufst", meldete er sich.
„Ich habe mir nämlich schon Sorgen um dich gemacht, wollte mich aber nicht melden, weil ich ja nicht wusste, in welcher Situation du dich gerade befindest. Ich befürchte, dich sonst zu stören."

„Das war nicht nur klug, sondern auch wahnsinnig lieb von dir", teilte ich ihm mit und berichtete ihm vom Ablauf des Tages mit den bisherigen Ergebnissen der Recherchen.

„Das sieht nicht einfach für dich aus. Vor allem auch sehr, sehr undurchsichtig. Und auch nicht ganz ungefährlich Willst du lieber warten bis zum Wochenende? Dann könnte ich kommen und dich beschützen."

„Ich glaube nicht, dass sie es wagen, mir etwas anzutun", versuchte ich ihn zu beruhigen. „Noch wissen sie ja nicht, was ich vorhabe. Selbst wenn sie eine Vermutung haben, aber sie haben noch keine Beweise, genauso wenig, wie ich Beweise habe für alle Vermutungen. Weder wegen der kriminellen Betätigungen von Oliver Frühling, noch über verbotene Aktionen der Wohngemeinschaft im Bauernhof."

„Ich überlasse es dir, Amore. Es ist nur ein Angebot von mir, wenn du in irgendeiner Weise ein ungutes Gefühl hast, dann sag mir bitte Bescheid, und ich komme sofort."

„Du bist ein Schatz, Ermanno. Das nächste Mal machen wir wieder alles gemeinsam. Ich erinnere mich noch gut an unsere vergangenen Recherchen auf Sizilien oder in Südtirol. Wir waren immer ein Spitzenteam."

Er lachte. „Das sind wir sowieso."

„Und wie war dein Tag heute?"

„Die Studenten waren heute in Ordnung, und im Schloss war danach allerhand los wegen dieses Projektes, Woche der offenen Tür. Das war dann schon ziemlich nervig."

„Das tut mir leid, ich hatte gehofft, dass dir dein eigenes Projekt wenigstens Spaß machen wird."

„Das wird es vermutlich auch, aber Greta geht mir ziemlich auf den Geist. Sie meint wohl, weil sie die Idee dazu hatte, ginge es jetzt auch nicht ohne sie. Aber glaub mir, sie hat weder eine Ahnung im fachlichen Bereich, noch, wie man das ganze aufziehen muss. Wenn es jetzt mir dabei nicht um dich ginge, hätte ich sie rausgeschmissen. Aber das kann ich doch nicht, sie ist doch deine Freundin."

Was würde Irene jetzt dazu sagen? Nun, vermutlich wäre sie immer noch misstrauisch. Er sagt es einfach nur so, dass sie ihn nervt. In Wirklichkeit gefällt es ihm sicher, von so einer attraktiven Frau umschwärmt zu werden. Jung und hübsch, dass war sie, zweifellos. Und dass sie meine Freundin war, gab ihm ein gutes Alibi, sie nicht wegschicken zu müssen.

Waren das jetzt immer noch Irenes Gedanken oder hatte sie mich tatsächlich dazu verleitet, eifersüchtig zu werden.

Gut, manche sagen, ein bisschen Eifersucht muss sein, dass ist das Salz in der Suppe. Warum sollte ich jetzt so kleinlich mit mir sein und mich dafür schämen?

Irene hatte mir angeboten, dass Suchprojekt hier in Bonn zu stoppen, wenn ich wollte, konnte ich jederzeit zurückfahren.

Nein, Ermanno und ich, diese Art von Liebesbindung hatte ich noch nie erlebt, mit ihm fühlte ich mich auf einem Stern, der seine vorgeschriebene Bahn durch den Himmel zieht.

„Vielleicht komme ich schon bald zurück", tröstete ich ihn. „Ich vermisse dich nämlich."

„Wirklich? Ich wünschte auch, du wärst hier, aber ich will dich nicht drängen. Ich verstehe, dass es dir wichtig ist, jetzt die Sache zu einem Ende zu führen."

Länger als sonst nahmen wir uns Zeit für eine zärtliche Verabschiedung.

***

Am anderen Morgen wachte ich auf, lange bevor es hell wurde. Mit einem guten Vollkornfrühstück und einer Tasse Kakao versuchte ich, meine Nerven für diesen Tag zu stärken. Jens Frühling, dem ich noch am Abend vorher in einer Kurznachricht von der Einladung berichtet hatte, hatte sich bereit erklärt, schon am frühen Morgen in der Innenstadt von Bonn in einem gut sortierten Buchladen am Bonner Marktplatz die Karten zu besorgen und stand pünktlich um 10:00 Uhr vor der Jugendherberge auf dem Venusberg, um mich abzuholen.

„Ich habe mir heute für den ganzen Tag frei genommen. Ich werde also in der Nähe des Hofes auf dich warten, bis du dort deine schwierige Arbeit beendet hast. Oh entschuldige, jetzt habe ich dich einfach so mit dem Du angesprochen."

Ich lachte. „Das ist schon so in Ordnung. Ich bin zwar die Ältere von uns beiden, und wenn es noch nach Etikette ginge, dann müsste ich dir das Du anbieten, aber diese Zeiten sind vorbei, dass alles so förmlich zugehen muss. Wir haben ja nun schon einen gemeinsamen Plan durchzuführen, da ist es gut, wenn wir Freunde sind."

„Prima. Ich bin auch schon ziemlich nervös", verriet er mir. „Unser Plan ist ziemlich heikel. Aber ich glaube, du schaffst es. Du bist es durch deinen Beruf gewohnt, mit vielen Menschen gut zurechtzukommen."

„Wir werden es schon schaffen", motivierte ich mich selbst. „Wieviel Kontakt hast du eigentlich zu deinem Neffen Arthur?"

„Wir sehen uns, so oft es geht, ich bin nämlich sein Patenonkel, und wir haben einen guten Draht zueinander. Hast du einen bestimmten Plan mit ihm?"

„Als ich ihn kennenlernte, hatte ich den Eindruck, er könnte ein bisschen Taschengeld gebrauchen. Er wünscht sich doch so sehr ein neues Fahrrad. Vielleicht kannst du dir einmal Gedanken darüber machen, wie wir ihn noch einspannen können, damit er sich etwas verdienen kann."

„Aber er hat doch ein Fahrrad", wandte Jens ein.

„Ja, aber weißt du auch, wie es ist, wenn man als einziger Junge unter seinen Freunden mit einem alten Fahrrad fahren muss? In dem Alter kann das manchmal ganz schön wehtun."

„Das habe ich nicht gewusst. Gut, dass du es mir gesagt hast. Ich werde mir etwas überlegen. Bei mir hat er nie einen Wunsch geäußert."

Ich lachte. „Bei mir schon, und er war überhaupt nicht schüchtern. Ich habe ihn kennengelernt als ein ganz schön pfiffiges Kerlchen. Er hat sogar mit mir verhandelt, als es ums Geld ging."

Jens wunderte sich. „Dieser Schlingel! Sicher hatte er gespürt, dass er sich an dich wenden kann, dass du Verständnis für ihn hast. Da muss ich wirklich einmal nachdenken, wie ich ihm helfen kann."

Er erzählte mir einige Anekdoten aus dem gemeinsamen Leben von Patenonkel und Neffen, und ich war froh darüber, weil es mich auf der Fahrt ablenkte und mir die Nervosität nahm.

Als er mir auf dem Parkplatz in Rheinbach die Karten reichte, wünschte er mir viel Erfolg und fügte erklärend hinzu. „Wundere dich nicht, wenn die Karten etwas schmutzig und zerknickt aussehen. Ich habe sie vorhin schon 10 Minuten lang mit einem feuchten Tuch und meinen Händen bearbeitet, damit sie so aussehen, als hättest du sie schon länger im Gebrauch."

Ich freute mich. „Du bist genial, mein Freund Ermanno und ich, wir nehmen dich gern in den Club der privaten Detektive auf."

Er lachte. „Ich glaube, darauf werde ich lieber verzichten. Meine Arbeit als Arzt ist spannend genug." Er winkte mir noch einmal zu, als ich mich auf den Weg zum Hof machte.

Ich bemühte mich um eine entspannte Haltung und entdeckte, dass mich Angelika schon am Gartentor erwartete. Sie begrüßte mich freundlich und führte mich in das Wohngebäude. In einem größeren Esszimmer erwarteten mich Verena, eine weitere Frau und drei Männer, die sich dort mit gefüllten Wassergläsern um den Esstisch herum versammelt hatten.

Einer der Männer erhob sich und kam auf mich zu. Er reichte mir die Hand. „Ich bin Frederic und habe gestern mit Ihnen telefoniert. Nehmen Sie Platz und trinken Sie ein Glas Wasser mit uns! Es ist ein Besonderes, wir haben es mit positiver Energie angereichert."

„Das ist sehr freundlich von Ihnen", sagte ich, setzte mich hinzu und fühlte mich von allen Seiten beobachtet.

„Für ein Horoskop wird die Zeit wohl heute nicht reichen", vermutete er. „Wie lange legen sich schon die Karten?"

Ich tat so, als ob ich überlegte. „Das kann ich Ihnen gar nicht sagen", antwortete ich wahrheitsgemäß.

„Darüber habe ich bis jetzt noch nie nachgedacht."

Das kann ja gut weitergehen, überlegte ich und fühlte mich wie bei einer Feuerprobe.

„Wir haben gedacht, dass Sie mir gleich die Karten legen und danach Angelika und Hannelore. Das dürfte dann für heute reichen, und wir können uns ein Urteil über Sie bilden."

„Das tut mir sehr leid, da muss ich Sie enttäuschen", entgegnete ich. „Mehr als zwei Personen kann ich heute nicht bedienen. Das können Sie sicherlich verstehen. Mit so einem großen Anliegen kann ich am heutigen Tag den Himmel nicht anzapfen, es ist heute ein Tag, an dem man sehr oft auch passiv die Stille in sich aufnehmen muss. Aber Ihnen, Frederic möchte ich die Karten legen, ich spüre, dass Sie dafür bereit sind, und dass ich mich Ihnen gegenüber auch so weit öffnen kann, dass alle kosmischen Energien fließen können. Mit einer zweiten Person will ich es auch versuchen. Dazu muss ich jetzt nun erst einmal erspüren, wer von Ihnen heute dafür bereit ist."

Ich stand auf und ging um den Tisch herum, blieb bei jeder Person kurz stehen und atmete tief mit geschlossenen Augen. Ein paar Mal ging ich so hin und her, dann blieb ich bei Verena stehen. „Hier, mit dieser jungen Frau bekomme ich eine Verbindung. Sie möchte ich als Zweite bedienen. Und die anderen vier möchten sich bitte gedulden, bis ich hier zu meinem Meditationswochenende komme."

Einen Augenblick lang sah mich Frederic misstrauisch an, dann blickte er fragend in die Runde. „Was meint ihr dazu?"

Die anderen nickten eifrig, sie waren mit meinem Vorschlag einverstanden.

„Gut", entschied Frederic. „Dann dürfen Sie jetzt beginnen!"

Ich verzog das Gesicht. „Das tut mir sehr leid. Das geht leider nur in einer besonderen Atmosphäre, und dieser Raum eignet sich überhaupt nicht dazu. Das funktioniert auch nicht, wenn andere dabei zuschauen oder zuhören. Dieses besondere Ereignis muss in einer privaten Sphäre stattfinden, damit die Energien wirklich fließen können. Sonst bringt es gar nichts."

Wieder sah Frederic die anderen an. „Möchtet ihr das so?"

Jeder von ihnen erklärte sich damit einverstanden, daher stand nun auch Frederic auf, verabschiedete sich kurz von den anderen und führte mich in sein Büro. „Geht das hier?"

Energisch schüttelte ich den Kopf. „Unmöglich! Dieser Raum ist verkopft. Das wirkt sich negativ auf den Fluss der Emotionen aus. Hier sind auch zu viele materielle Schwingungen", sagte ich mit einem Blick auf die Geschäftsordner."

„Dann gehen wir in den Meditationsraum", schlug er mir vor.

„Wir brauchen auch noch eine Kerze, die wir dazu anzünden müssen, mindestens eine", teilte ich ihm mit.

„Davon haben wir einige Meditationsraum", wusste er und führte mich in einen mit Teppichboden ausgelegten Raum, in dem es sehr viele große und kleine Kissen gab, die als Sitzkissen dienten. An den Wänden hingen große Poster mit Mandalas, in einem Regal entdeckte ich Räucherutensilien mit Duftessenzen und etliche Kerzen.

Frederic entzündete eine davon. „Können wir jetzt beginnen?"

Ich setzte mich vor die Kerze, die er auf einem hohen Ständer platziert hatte. „Sie müssen noch einen Augenblick warten, ich muss mich erst vorbereiten und auch noch meditieren."

Gespannt wartet er auf seinem Sitzkissen.

Ich schloss die Augen und entspannte einige Momente lang.

Danach holte ich die Karten aus der ledernen Hülle, die Jens offenbar absichtlich dazu gekauft hatte und reichte sie Frederic. „Mischen Sie die Karten bitte, und versuchen Sie dabei an nichts zu denken."

Nachdem er meinen Anweisungen gefolgt war, reichte er mir die Karten zurück, und ich legte sie auf dem Boden aus. Auch jetzt schloss ich noch einmal kurz die Augen, bevor ich begann: „Ich sehe hier einiges aus ihrer Vergangenheit und auch einiges aus ihrer Zukunft." Ganz kurz blickte ich ihn an und sah in seine Augen, die mich sowohl misstrauisch als auch abweisend anblickten.

Ich fuhr fort: „Da gibt es einiges in Ihrer Kindheit, dass Sie gehindert hat, in frühen Jahren zu sich selbst zu finden. Sie haben Enttäuschungen erlebt, die Sie misstrauisch gemacht haben, und auch heute noch haben Sie manchmal darunter zu leiden. Man hat in Ihnen nicht das gesehen, was wirklich in Ihnen steckt. Da haben Sie den Wunsch entwickelt, etwas Gutes der Welt zu zeigen. Sie wollen wichtig sein und etwas Sinnvolles leisten, etwas, das Bestand hat. Aber Sie sind noch nicht am Ziel, da Sie selbst immer noch zu streng mit sich sind, und zu viel von sich erwarten. Sie sind auf einer Wanderschaft im Leben, und haben auch einen gewissen Ehrgeiz, Ihr Ziel erreichen zu wollen. Auf diesem Weg hatten Sie auch schon viele Umwege eingeschlagen, aber Sie fanden und finden immer wieder zurück." Ich sah ihm in die Augen und entdeckte, dass ihn einige Worte nachdenklich gemacht hatten. Das hatte ich bezweckt. Nun konnte ich fortfahren. „In den anderen Karten sehe ich Ihre Zukunft. Da ist ein großer breiter Weg, den Sie gerade begehen. Im Prinzip ist es der richtige für Sie, aber auch da müssen Sie noch Korrekturen vornehmen, und es gilt immer noch, Altes loszulassen. Im kommenden Jahr gibt es ein paar kleinere finanzielle Rückschläge, denen Sie aber mit viel Energie entgegenwirken können. Die Menschen an Ihrer Seite werden Ihnen dabei helfen. Da gibt es ebenfalls ein wichtiges Gespräch, das Sie mit einem Mann von der Bank führen werden. Eine Veränderung an diesem Hof werden Sie auch vornehmen, sie trägt zu einer Verbesserung der gesamten Finanzlage bei." Das sagte ich, weil ich hoffte, ihm mit meiner Frage nach einem Meditationswochenende einen Floh ins Ohr gesetzt zu haben. Falls ihnen also noch finanzielle Mittel fehlten, konnte dies eine neue Einkommensquelle sein. Möchten Sie auch etwas über ihre Partnerschaft wissen?"

„Ja, das möchte ich. Was können Sie mir darüber sagen?"

Ich blickte auf die Karten und überlegte. Ich hatte am Tisch eben nicht den Eindruck gehabt, als seien er und Verena ein verliebtes Paar. Auch von den anderen beiden Frauen hatte ich keine Blicke bemerkt, die besonders herzlich oder gar verliebt waren.

„Sie sind ein Mensch, der sich sehr zurückhält und auch in der Partnerschaft nach einigen früheren Verletzungen etwas misstrauisch ist. Eigentlich müssen Sie nicht unbedingt eine Partnerin haben, um nicht allein zu sein. In manchen Dingen genügen Sie sich selbst. Sie haben trotzdem ein großes Herz und möchten etwas für die Allgemeinheit tun. Trotz der Enttäuschungen lieben Sie die Menschen immer noch, sie sind Ihnen wichtig. Aber irgendetwas hält Ihr Herz noch verschlossen, und Sie können sich nicht ganz öffnen. Sie sind noch nicht vollkommen glücklich, und bis dahin ist es auch noch ein Weg, der über viele Erkenntnisse führen wird. Doch im Laufe des Lebens wird dann einer glücklichen Partnerschaft nichts mehr im Wege stehen. Denn im tiefsten Inneren glauben Sie an die Liebe, die Liebe unter den Menschen und die Liebe in der Partnerschaft, dieser Glaube wird Ihnen helfen, und die Hoffnung wird Früchte tragen." Ich sah ihn an und entdeckte Überraschung in seinem Gesicht. Offenbar hatte ich den Nagel auf den Kopf getroffen. Bevor er etwas fragen konnte, fuhr ich fort. „Leider sehe ich noch einiges an Misstrauen in Ihnen, aber das wird sich sicher verlieren. Dieses Misstrauen ist auch eine Barriere zwischen uns, deswegen entdecke ich jetzt auch ein verschlossenes Tor, das mich daran hindert, weiteres für Sie aus den Karten zu lesen. Es tut mir leid, wir werden den Rest dieser Legung auf einen anderen Tag verschieben müssen, vermutlich auf das Wochenende, wenn ich Sie hier besuche. Aber das soll jetzt natürlich keine Erpressung sein, falls es nicht klappt, mit dieser Meditation bei Ihnen, dann werde ich Ihnen vermutlich später noch einmal weiter nachschauen."

Einen Moment lang schien er Verständnis zu haben, doch dann verfinsterte sich sein Gesicht wieder. „Nun ja, viel war das wirklich nicht. Allerdings schließe ich nicht aus, dass die Bedingungen heute nicht gerade gut sind für ein vertrauliches Miteinander. Dann will ich jetzt Verena holen." Er entfernte sich mit einem undurchsichtigen Gesichtsausdruck.

Inzwischen sah ich mich um, ob er hier irgendwelche Abhörwanzen versteckt haben konnte, aber da er ja nicht geahnt haben konnte, dass sich die Kartensitzung in diesem Raum verlegen würde, konnte er unmöglich dazu Gelegenheit gehabt haben. Und wenn in diesem Raum sonst meditiert wurde, gab es ja auch sicherlich nicht viel, das besprochen oder diskutiert wurde.

So fühlte ich mich einigermaßen sicher, als er kurz darauf Verena zu mir führte.

Zum Glück wusste ich über sie und ihre Vergangenheit schon einiges, worauf ich Bezug nehmen konnte.

Verena setzte sich mit einem Lächeln mir gegenüber, während Frederic etwas widerwillig den Raum verließ. Sicherlich würde er hinter der Tür lauschen.

„Wir müssen leider den Platz verändern", bat ich die junge Frau. „Für uns beide sind hier diese Energien schlecht.

Bereitwillig folgte sie mir mit ihrem Kissen in die Ecke des Raumes, die der Tür am weitesten entfernt lag. Dort schlugen wir unser Sitzlager wieder auf, und ich zauberte auch ihr zuerst ein paar Meditationsminuten.

Ich hatte kein schlechtes Gewissen, als ich ihr die Karten zum Mischen reichte und sie bat, ein wenig an sich zu denken. Ihrem Gesichtsausdruck entnahm ich, dass sie die Sache sehr ernst nahm, und ich beabsichtigte, meine ganze Menschenkenntnis in meinen Vortrag einzubringen.

Mit bedächtigen Bewegungen verteilte ich die Karten auf dem Boden, schloss die Augen und öffnete sie wieder. „Wie war doch Ihr Name?" fragte ich, um sie etwas zu verwirren.

„Ich heiße Verena, aber sagen Sie doch bitte Du zu mir!"

Ich lächelte sie an. „Gern, und ich will dich jetzt auch nicht länger warten lassen, denn die Zukunft hat noch einige positive Überraschungen für dich bereit. Aber zuerst einmal schauen wir in deine Vergangenheit, denn da gab es viele schmerzhafte Schicksalsschläge für dich."

Sie nickte. „Oh ja, davon hatte ich genug."

„Du hattest immer wieder Verlusterlebnisse. Schon ganz früh in deiner Kindheit, hast du Menschen verloren, die wichtig für dich waren, und das hat sich dann fortgesetzt in deinem ganzen bisherigen Leben. Da waren einige Enttäuschungen, die dich sehr traurig gemacht haben, sehr verletzt haben und du hast manchmal den Glauben an die Welt und die Menschheit verloren, so schlimm war es gewesen."

„Ja, zuerst habe ich meine Eltern nacheinander verloren, dann meine Heimat verlassen, in dem meine Pflegeeltern wohnten und bin meiner ersten großen Liebe nach Deutschland gefolgt. Dieser Mann hat mich dann auch sehr enttäuscht, und ich war sehr böse auf ihn, aber meine Freunde hier haben mich gelehrt, ihm alles zu verzeihen und ihn in Liebe loszulassen. Das hat lange Zeit gedauert, ich war immer wieder wütend, aber hier habe ich mithilfe dieser lieben Menschen meinen Frieden gefunden."

„Das ist sehr schön für dich. Ich habe hier auch das Gefühl, dass die Menschen hier mit dir in einer Harmonie leben und dich mit deinen Schmerzen und deiner Einsamkeit aufgefangen haben. Es muss schlimm sein, von einem Mann so enttäuscht zu werden."

Ich hatte ihre Emotionen geweckt, eine Träne ran über ihre Wange. „Es war eine schlimme Zeit. Das kann sich keiner vorstellen. Das Schlimmste war, dass ich über alles das, was geschehen war, schweigen musste. Aber hier durfte ich erst einmal darüber reden, und konnte hinterher alles vergessen."

„Du hast hier wirklich liebe Freunde", versicherte ich ihr. „Hat er dich auch geschlagen, dein Freund? Ich kann hier nur sehen, dass er dir Schmerzen verursacht hat, aber ich weiß nicht, womit."

„Nein, Oliver war immer freundlich zu mir. Aber die übrigen Dinge, die ich bei ihm erlebt habe, die lagen mir so auf der Seele. Ich habe gedacht, damit muss ich doch zur Polizei gehen und ihn anzeigen. Aber meine Freunde hier haben mir beigebracht, dass dies in meinem Leben nicht meine Aufgabe ist. Ich muss vergessen und verzeihen, und Oliver ist selbst für sein Leben verantwortlich, auch wenn er sich negatives Karma schafft, weil er verbotene Dinge tut. Aber das ist eben nicht mein Leben, das geht mich nichts an."

Jetzt wurde ich hellhörig. „Man kann sich allerlei negatives Karma schaffen, da hast du völlig Recht, und jeder ist für sein Leben selbst verantwortlich. Da kannst du froh sein, dass du jetzt von ihm fort bist."

Sie nickte eifrig. „Es ist doch alles Schicksal im Leben. Und Olivers Schicksal ist es eben, andere Menschen in Versuchung zu bringen, auch mit verbotenen Dingen. Das Böse soll den Menschen ja in Versuchung bringen, damit man sich für das Gute entscheiden kann. Er hat eben leider in diesem Leben die Rolle des Verführers übernehmen müssen, dieser arme Mann."

Ich war erstaunt, aber ich versuchte, es ihr nicht zu zeigen, sondern so gleichgültig wie möglich zu tun.

„Er hat ein schweres Schicksal gewählt."

„Ja, nicht wahr, mit all diesen Drogen und den Mädchen, die er da verführt. Damit schafft er sich erst einmal ein schweres Karma. Aber in dem Leben darauf kann er es ja wieder gutmachen."

Fast hätte ich mich verschluckt. Ich bemühte mich immer noch, ruhig und gelassen zu bleiben. „Und zu dieser gelassenen Ansicht haben dich jetzt Frederic und seine Freunde gebracht, nicht wahr? Sie sind wirklich Menschen, die Frieden bringen."

Jetzt brachte sie unter Tränen ein Lächeln hervor. „Ja, nicht wahr? Oliver selbst war es, der mir den Kontakt zu ihnen verschafft hat, weil er wusste, dass ich hier gut aufgehoben bin und alle

Schmerzen meiner Vergangenheit aufarbeiten und dann auch vergessen kann."

Jetzt fiel der Groschen bei mir. Oliver Frühling hatte sie hierher geschickt, damit sie ihn nicht an die Polizei verriet, damit sie nicht gegen ihn aussagte.

Jetzt holte ich noch einmal aus. „Hier in dieser friedlichen Atmosphäre konntest du sicher gesund werden und deinen inneren Frieden finden, und die Arbeit hier auf diesem Hof macht bestimmt auch viel Spaß. Da hast du bestimmt auch niemals den Wunsch, von hier wieder fortzugehen?!"

„Nein. Ich bin meinen Freunden so dankbar. Durch sie habe ich den Frieden gefunden, auch mit meinen Eltern und Pflegeeltern. Und diesen Frieden möchte ich doch nicht wieder gefährden."

Ich sah sie fragend an. „Wie meinst du das denn? Sie sind doch, soviel ich es hier sehe, alle längst in einer anderen Dimension, in himmlischen Bereichen, also verstorben."

Sie nickte. „Ja, es ist so, wie du siehst. Sie sind schon in eine andere Welt gegangen. Aber meine Freunde haben sie extra für mich gerufen und mit ihnen gesprochen."

Ich begriff rasch. „Sie haben mit den Verstorbenen gesprochen, nicht wahr, vermutlich in einer Seance. So konntest du sicher von ihnen Abschied nehmen, nicht wahr?"

Ihre Augen leuchteten. „Oh, nicht nur das. Sie haben mir alles verziehen. Ich hatte mit meinem Vater einen kurzen Streit gehabt, bevor er gestorben ist. Das hat mich immer belastet. Und meine Pflegeeltern sind meiner Meinung nach auch nur gestorben, weil ich ihnen das Herz gebrochen habe und weggegangen bin. Da hatte ich auch immer Schuldgefühle. Aber sie alle haben mir verziehen, weil ich auch verzeihe, weil ich Oliver verzeihe und ihn nicht anzeige bei der Polizei. Wer verzeiht, dem wird auch verziehen. Und immer, wenn ich daran zweifle, erinnern mich meine Freunde hier daran, an diese wundervollen Aussagen von meinen Verstorbenen. Aus dem jenseits heraus haben wir meinen Verstorbenen verziehen, unter der Bedingung, dass ich auch Oliver verzeihe nicht verrate."

Was für eine Manipulation! Ich überwand schnell meine Sprachlosigkeit. „Das haben dir also deine Freunde übermittelt, und deswegen fühlst du dich jetzt hier wohl. Oder hast du Angst, deine verstorbenen Pflegeeltern und deinen Vater wieder zu verletzen und zu enttäuschen, wenn du hier weggehst."

„Ich würde nie hier weg gehen, ich bin meinen Freunden so dankbar, dass sie mir den Frieden gebracht haben."

Ich unterdrückte einen Seufzer. „Dann wollen wir doch noch einmal in die Karten deiner Zukunft schauen."

Es klopfte an der Tür und Frederic trat ungebeten herein. „Ich glaube, das reicht für heute."

„Geht es nicht noch ein paar Minuten?" Verena sah ihn bittend an.

„Frau Mühlberg wird wiederkommen. Wir alle wollen noch mehr von ihr wissen."

„Auch nicht fünf Minuten?"

Er sah sie mahnend an, und auch in seinen Augen las ich keine warmen oder liebenden Gefühle. „Du weißt doch, bei uns funktioniert alles so gut, weil wir Regeln haben, an die wir uns halten." Seine Stimme klang ruhig und beherrscht.

Nun, immerhin schien er auf den ersten Blick kein Schläger oder jähzorniger Mensch zu sein.

Ich berührte Verena freundschaftlich an der Schulter. „Vielleicht darf ich ja bald wiederkommen", machte ich ihr Hoffnung.

„Bitte! Bitte erlaube ihr doch, jetzt hier zu bleiben!" wandte sich die junge Frau an Frederic.

Er sah sie an mit den Augen eines väterlichen Freundes. „Wir werden alle gemeinsam beraten und darüber abstimmen", versprach er ihr. „Das war bestimmt jetzt auch anstrengend für dich, Verena. „Am besten ruhst du dich eine halbe Stunde in deinem Zimmer aus. Ich werde Frau Mühlberg jetzt erst einmal zur Tür bringen."

„Gut, wenn du meinst." Sie kam auf mich zu und umarmte mich. „Danke, dass du da warst! Und bis bald, hoffe ich."

Ich hielt sie fest und flüsterte ihr ins Ohr.

„Versprich mir, dass du niemandem etwas von unserem Gespräch erzählst. Sonst kann ich nicht wiederkommen."

Sie nickte und lächelte mir zu, dann lief sie zu Frederic, der immer noch geduldig wartend in der Tür stand und ich folgte ihr langsam.

Er sah mich bedauernd an. „Die Zeit ist immer etwas knapp, wir alle haben hier immer viel zu tun. Wenn so ein Bauernhof ertragreich sein soll, dann muss immer alles gut geplant sein. Unsere Mußestunden sind in der Regel abends, wenn wir entspannen und meditieren."

... Und behaupten, mit Verstorbenen gesprochen zu haben, setzte ich in Gedanken hinzu. So kann man sich natürlich auch ein Schweigen erkaufen, ohne Drohungen und ohne Drogen. So war das also, nur wenn Verena den Mund hielt über Olivers kriminelle Machenschaften, dann gewährten ihr die verstorbenen Verwandten ein Verzeihen und gönnten ihr das Heil für die Seele. Ich konnte das Ganze noch nicht fassen, so ungeheuerlich wirkte es auf mich. Da hing also auch dieser Oliver Frühling noch ganz dick mit drin.

Frederic verabschiedete sich an der Tür mit Höflichkeit von mir. „Ich werde Sie alles Weitere wissen lassen. Vorerst möge Sie der Himmel wieder mit neuen Energien versorgen!"

Dieser falsche Hund! Sein falsches Spiel versteckte er hinter Esoterik und Höflichkeit. Vermutlich wurde er dafür von Oliver mit Geld für den Hof entschädigt. Reichtümer verdienten sie sicherlich nicht mit ihrer Arbeit, mit den Hühnern, und den Gemüsegärten ringsherum. Immerhin mussten sechs Personen davon leben und der Hof auch erhalten werden.

Mit reich gefülltem Kopf eilte ich zu Jens, der immer noch geduldig auf mich wartete.

***

In seinem Blick entdeckte ich Erleichterung, als er mich herankommen sah. Was für ein sympathischer Mensch! Und welcher Unterschied bestand da zwischen den beiden Brüdern!

Der ältere, Oliver Frühling, der sich eine Welt nach Maß schuf mit seiner eigenen Moral und sich nicht scheute, kriminelle Machenschaften hinter glänzenden Fassaden zu verbergen.

Und dann dort im Auto Jens, der zweite Frühling, der seinen Mitmenschen nicht nur in seinem Beruf half, sondern auch für Verena alles tat, was in seiner Macht stand, aus Hilfsbereitschaft, und vermutlich auch aus Liebe.

Im Auto angekommen sprudelte alles aus mir heraus, und Jens hörte mir aufmerksam zu.

„Das ist ja schrecklich", fand er und sah mich entsetzt an. „Jetzt müssen wir gut überlegen, was zu tun ist. Wie kann man sie nur aus dieser Manipulation herauslösen?"

Ich seufzte. „Ja, dass ist jetzt die große Frage. Ich glaube, ich brauche jetzt dringend eine Stärkung. Vielleicht kann ich danach wieder klar denken."

Wir fuhren in das kleine Restaurant „Bahnhof Kottenforst", in dem ich schon einmal meinen ersten Imbiss eingenommen hatte und gönnten uns dort eine kleine Mittagsmahlzeit.

Nachdem ich mich von all meinen Überraschungen erholt und wieder gestärkt hatte, begann mein Verstand wieder zu arbeiten. „Als nächstes werde ich unseren Freund Niklas Meyer anrufen. Er ist Kriminalbeamter in Sankt Augustine und ein guter Freund von uns. Er hat mir auch schon manche Nuss zum Knacken gegeben, und wird sicher wissen, was da in Bezug auf Oliver zu machen ist.

Bist du ihm böse, wenn der dafür sorgt, dass deinem Bruder das Handwerk gelegt wird?"

„Wenn sich die Sache mit den Drogen bewahrheitet, bin ich der Letzte, der die Polizei daran hindert, Oliver das Handwerk zu legen. Ich bin Arzt und kenne die Anzahl der Drogentoten. Und wie du bin ich dafür, dass man die Jugend dann vor ihm schützen muss. Und wenn er wirklich noch mehr auf dem Kerbholz hat, dann ist es wohl besser, dass er erst einmal in Gewahrsam kommt."

Ich setzte meinen Plan sofort in die Tat um und informierte Niklas, der mir versprach, sich mit den Kollegen in Bonn in Kontakt zu setzen. Er gab mir auch den guten Rat, mich dort nicht weiter einzumischen, da es im Drogenmilieu oft nicht zimperlich zuginge.

„Und dann muss ich irgendwie versuchen, Verena dazu bewegen, aus dieser Manipulation herauszukommen. Noch weiß ich nicht, wie. Nun hoffe ich, dass ich dort für zwei Tage aufgenommen werde. Da hätte ich dann doch möglicherweise die Gelegenheit, sie über ihren Irrtum aufzuklären."

„Deine Idee, auf dem Hof ein Meditationswochenende zu verbringen, war gar nicht so schlecht. Das könnte den Bewohnern dort auch finanziell zugute kommen, und ich könnte möglicherweise meine Schwester Vivian dort einschleusen. Sie hatte Verena auch sofort ins Herz geschlossen, auch damals schon, als sie noch mit Oliver zusammen war, was ihr übrigens auch gar nicht gefiel. Hast du etwas dagegen, wenn wir sie in den Fall jetzt mit einbeziehen?"

„Oh nein! Ich bin froh über jede Hilfe. Ich hatte auch schon an die Psychologin Greta gedacht, eine meiner Freundinnen in Sankt Augustine. Sie arbeitet bei der Resozialisierung und ist sehr gut mit Therapien, wenn es nicht gerade um sie selber geht."

Er lachte. „Eine sehr gute Idee. Und die würdest du dann an diesem Wochenende mitbringen?"

„Ich werde sie fragen. Vor allem traue ich ihr zu, dass sie Frederic ablenken kann, und dass ich dann mehr Gelegenheit finde, mit Verena zu sprechen."

Er freute sich. „Prima, dann haben wir schon einige Pläne. Hast du Zeit und Lust, mit mir jetzt Vivian zu besuchen? Meine Schwester ist wirklich sehr liebenswert."

Ich schaute auf die Uhr. „Es ist Mittagszeit vorbei, und ich habe für die nächsten Stunden nichts geplant. Da ist Arthur bestimmt auch zu Hause, und ich freue mich, ihn wieder zu sehen."

In seinen Augen blitzte Freude auf. „Komm mit! Wir fahren jetzt über Meckenheim zurück nach

Bonn. Und in Meckenheim kenne ich einen Fahrradgroßhandel, dort machen wir kurz Halt. Er hat sowieso noch etwas gut bei mir, mein Neffe, für seinen letzten Geburtstag."

„Was für eine tolle Idee! Er hat mir übrigens wesentlich geholfen, weil er mir die Adresse von Frau Bieber und etliche gute Informationen gegeben hat. So hat er eigentlich alles ins Rollen gebracht und verdient wirklich eine Belohnung."

Eine Stunde später fuhren wir mit einem glänzenden, nagelneuen Fahrrad im Kofferraum nach Bonn Endenich, dem Künstlerviertel der Stadt, wo Vivian mit ihrem Sohn lebte.

„Meine Schwester geht nur halbtags arbeiten, damit sie sich mehr um Arthur kümmern kann", berichtete mir Jens. „Aber sie macht auch noch zu Hause ein bisschen Schreibarbeit als Nebenjob. Möglicherweise ist sie jetzt zu Hause."

Auch dieses Mal stand das Glück auf unserer Seite, Jens Schwester beschäftigte sich gerade mit dem Brotbacken, als wir bei ihr an der Tür klingelten. Vivian Weiler begrüßte ihren Bruder herzlich und sah mich etwas erstaunt an.

Als er ihren Blick sah, lachte er. „Nein, das ist nicht meine neue Freundin. Sie ist eine liebe neue Bekannte, die mir gerade hilft, mehr über Verena und ihr Schicksal herauszufinden."

Vivian bot uns Kaffee und Kuchen und Kekse an, und wir taten ihr den Gefallen und probierten von allem, während wir ihr die ganze Geschichte von Verena erzählten.

Arthur hatte heute länger Schule gehabt und kam hinzu, als wir gerade Vivians Backkunst lobten. Er fiel seinem Onkel um den Hals und staunte, als er mich erblickte.

„Wow! Du hier? Das ist ja mal ein interessanter Besuch!"

„Wir wollten dir auch noch einmal Danke sagen", begann ich. „Durch deine Hilfe sind wir ja ganz schön weitergekommen. Das war prima, dass du mir da in Poppelsdorf hinterhergelaufen bist. Oft ist es gut, wenn man sich einmischt, du hast Courage. Heutzutage gibt es viel zu wenige Menschen mit Zivilcourage, bleib so mutig, wie du bist."

„Aber ich habe auch an mein Taschengeld gedacht", berichtigte er mich.

„Na ja, wenn du geschäftstüchtig bist, ist das auch nicht schlecht. Auch das kannst du für dein späteres Leben bestimmt gebrauchen. Aber du hast mir geholfen und dabei in Kauf genommen, möglicherweise von Kerstin ausgemeckert zu werden."

„Und ich habe auch noch etwas für dich", verriet ihm Jens. „Aber dafür musst du mit mir ans Auto kommen. Magst du?"

„Ich habe zwar einen Hunger wie eine Hyäne, aber bis zu deinem Auto werde ich es schon noch schaffen."

Er folgte seinem Onkel hinaus und Vivian setzte sich zu mir an den Tisch. „Die beiden verstehen sich prima. Wenn er schon keinen Vater hat, so hat er doch durch seinen Onkel ein gutes Vorbild. Und Jens, der war immer schon zum Knutschen. Leider hatte er wie ich auch immer Pech in der Liebe. Und als er sich dann in Verena verliebte, hoffte ich schon, dass aus den beiden ein Paar würde, bevor sie dann in der Kommune verschwand."

„Sie haben Verena auch gekannt, hat sie gar nichts für Jens empfunden?"

„Doch, schon. Aber als sie ihn dann auf dem Bauernhof mehrmals abwies, haben wir dann alle geglaubt, sie wolle nichts mehr von ihm wissen. Wir wussten ja nicht, dass sie sich nun moralisch dazu verpflichtet fühlt, dort zu bleiben und mit denen zusammen zu leben, damit Oliver sie immer unter Kontrolle weiß. Immerhin, ich bin schon froh, dass ihr nichts passiert ist. Wenn mein großer Bruder tatsächlich selbst kriminelle Dinge tut, dann kann man ja noch froh sein, dass er sie einfach nur abgeschoben hat, und sie nicht verschwinden ließ. Vielleicht hat er sie ja auch wirklich gemocht, man weiß es ja nicht. Jeder Mensch hat einen guten Kern."

„Ja, wer weiß? Wenn Verena Jens auch mag, dann gibt es auch noch Hoffnung. Wir werden alles daran setzen, dass sie aufwacht und erkennt, dass sie ihre Lebensentscheidungen nicht von Frederic und den anderen auf dem Hof abhängig macht. Die treiben dort ein schauriges Spiel mit dem schlechten Gewissen der jungen Frau, mit Schuld und Vergebung."

Vivian seufzte. „Ja, ich wünsche Ihnen und meinem Bruder ganz viel Erfolg für Ihre Pläne. Verena ist doch mit ihrem Schicksal schon genug gestraft. Und was halten Sie sonst so von diesen esoterischen Betätigungen der Hofbewohner?"

„Das ist ja das Schlimme! Ein paar gute Ansätze sind da. Frieden und Liebe, das möchte doch jeder, und viele sehnen sich auch nach einem Leben zurück zur Natur. Meditation und Besinnung sind auch gute Dinge. Aber dort in dieser Gruppe wird leider auch ein Missbrauch betrieben. Sie haben Verena vorgegaukelt, mit den Verstorbenen geredet zu haben, nur um sie zu manipulieren."

„Und bestimmt von Oliver dafür Geld bekommen",
vermutete Vivian genau wie Jens und ich. „Wenn
Sie also neue Pläne haben, liebe Frau Mühlberg, da
bin ich gerne bereit, Ihnen auch zu helfen, wenn
ich es kann. Sagen Sie mir einfach Bescheid!"

Jens und Arthur kamen von draußen herein, und
ich erlebte einen überglücklichen Jungen, der
seiner Mutter und mir strahlend von seinem
Geschenk berichtete.

In diesem Augenblick erhielt ich einen Anruf von
Frederic. „Sie können von Samstag auf Sonntag bei
uns wohnen und mit uns meditieren", teilte er mir
mit. „Gegen einen Unkostenbeitrag für
Verpflegung und Übernachtung und mit Ihrer
Beteiligung durch Ihre esoterische Leistung dürfen
Sie bei uns an einem Seminar teilnehmen."

Ich hatte Vivian, Jens und Arthur mithören lassen.
„Dann weiß ich jetzt, wie es weitergeht", teilte ich

dem jungen Arzt mit. „Dann möchte ich jetzt ganz gern zurück auf den Venusberg, damit ich dort meine Sachen packen kann. Ich werde noch ein paar Stunden schlafen und in der Nacht dann zurück nach Sankt Augustine fahren, damit ich morgen früh dort bin. Mein Freund veranstaltet nämlich morgen ein Seminar und einen Tag der offenen Tür im Bereich der Geologie und Botanik. Das möchte ich ungern verpassen. Heute ist Donnerstag, morgen am Freitag verbringe ich den Tag in Sankt Augustine und in der Nacht werde ich, hoffentlich mit Greta dann wieder hierher kommen und das Wochenende im Bauernhof verbringen. Das alles passt wunderbar in meinen Zeitplan. Denn für morgen hat sich auch eine liebe Freundin aus Sizilien angekündigt, eine wunderbare Künstlerin, die ich lieben und schätzen gelernt habe."

„Du liebe Zeit!" rief Vivian aus, das ist alles viel zu anstrengend. „Da müssen wir etwas ändern. „Kannst du dir nicht frei nehmen, Jens, und Frau Mühlberg nach Hause fahren?"

„Ich könnte es versuchen", überlegte er, aber ich wehrte ab. „Diese Fahrt heute werde ich schon schaffen und die andere Fahrt wieder hierher könnte auch Greta übernehmen, und wenn sie nicht fahren will, dann wird mich Ermanno bringen, denn er hatte mir angeboten, mich am Wochenende zu besuchen."

„Klappt das wirklich?" fragte Vivian besorgt und packte mir Kuchen ein.

Ich nickte. „Keine Sorge. Ich bin beruflich viel unterwegs und als Reisetante bekannt."

„Dann will ich dich jetzt aber schnell zum Venusberg bringen", bestimmte Jens.

Die Verabschiedung von Vivian und Arthur verlief herzlich. Der Junge grinste mich an. „Klasse, dass du mich bei meinem Onkel verpetzt hast! Das Fahrrad ist echt cool."

***

Als ich am Morgen im Schloss von Sankt Augustine ankam, hörte ich Greta und Adelaide in der Küche. Ich wollte schon die Tür ganz aufreißen und hinein stürmen, da hörte ich meinen Namen blieb im Rahmen stehen.

„Ich finde das nicht gut, wie du dich Abigail gegenüber verhältst", schimpfte Adelaide mit Greta.

„Was denn? Ich tue doch gar nichts!" protestierte meine Freundin.

„So wie du um Ermanno herumtanzt, sieht das doch wirklich so aus, als wolltest du ihr den Freund ausspannen."

„Ach Unsinn! Das würde ich nie tun. Das müsstest du doch wissen. Abigail hat mir immer geholfen. Und außerdem interessiert mich Ermanno gar nicht. Er ist viel zu alt, und absolut nicht mein Typ."

„Ja, warum tust du das denn dann immer? Kannst du dich denn nicht ein bisschen dezenter verhalten?"

Greta lachte unbekümmert. „Dezenter? Warum? Ich bin das Leben. Vielleicht auch die Versuchung. Warum soll Ermanno nicht auch einmal in Versuchung gebracht werden, das ist doch nur gut für Abigail, wenn ich ihn ein bisschen teste. Es gibt viele solcher Frauen, die sich auf die Männer anderer Frauen stürzen. Wenn Ermanno seine Prüfung besteht, kann sie ihn dann beruhigt heiraten."

„Heiraten? Die beiden wollen heiraten? Davon weiß ich doch noch gar nichts. Wer hat das denn gesagt? Ermanno?"

Sie kicherte. „Nein. Aber so etwas spüre ich. Das liegt doch in der Luft. Da ist so etwas zwischen den beiden, und ich wette mit dir, dass es keine drei

Wochen mehr dauert, bis er ihr einen Heiratsantrag macht. Ich habe doch gestern gemerkt, wie unglücklich er ist, dass seine Abigail fort ist. So unruhig war er noch nie. Die beiden waren doch früher schon öfters getrennt, aber jetzt ist er doch verliebt bis über beide Ohren."

„Dann hast du doch bei ihm sowieso keine Chance, Greta. Warum willst du dich dann dazwischen drängen?"

„Ach es ist doch nur ein Spaß, ich teste doch nur, wie sehr er noch für den Charme anderer Frauen empfänglich ist. Du kennst doch den Spruch: Frauen sind in der Regel Genies beim Multitasking, aber die Männer auch, im Bereich der Liebe zu verschiedenen Frauen."

„Lass es lieber! Ich bin dagegen allergisch aus meiner eigenen Erfahrung heraus."

Greta lachte erneut. „Weiß ich doch, Ada. Deswegen würde ich auch nie mit deinem Moro flirten. Selbst nicht, wenn er 30 Jahre jünger wäre. Aber der Ermanno, das ist doch ein gestandener Mann, der wird sich doch gegen so etwas wehren können. Und gestern hatte ich nicht den Eindruck, dass er mich überhaupt bemerkt."

Adelaide schüttelte den Kopf. „Lass es doch! Meinst du, Abigail findet das schön? Ich denke, wenn sie es gut fände, Ermanno auf diese Art und Weise zu prüfen, dann hätte sie dich schon darum gebeten. Aber stell dir nur vor, irgendeiner von den anderen erzählt ihr etwas, dann ist auch eure Freundschaft gefährdet, Ermanno wird grundlos verdächtigt und du machst dich lächerlich."

„Du nimmst das viel zu ernst. Es ist doch nur ein Spaß! Damit halte ich mir doch nur Roberto vom Hals. Das ist doch der wirkliche Grund. Ich habe gegenüber diesem Italiener behauptet, ich sei in Ermanno verliebt, damit er mir nicht die ganze Zeit hinterher läuft. Vielleicht hätte ich tatsächlich Abigails Freund und Abigail einweihen oder vorher fragen sollen."

„Ja das hättest du", schimpfte Adelaide. Ich hörte wie sie energisch einen Topf auf den Tisch stellte.

Ich trat in die Küche. „Ja das hättest du!" wiederholte ich und sah in die erstaunten Gesichter von Ada und Greta, die sprachlos da standen, als hätten sie einen Geist gesehen.

Jetzt war ich an der Reihe laut zu lachen, hielt aber damit inne, um mit gespieltem Ernst zu Greta zu sagen: „Aber du kannst das umgehend wieder gutmachen, indem du mit mir am Freitag Nacht nach Bonn fährst und mir hilfst, eine ganz wichtige Mission zu erfüllen.

Als die beiden immer noch kein Wort heraus brachten, zog ich sie an den langen Küchentisch, setzte mich dazu und gab einen langen und ausführlichen Bericht meiner Reiseerlebnisse ab.

Nachdem sich Greta von ihrem Schrecken erholt hatte, schenkte sie uns Kakao in vorgewärmte Tassen ein. „Ich bin zu jeder Schandtat bereit, Abigail. Auf mich kannst du zählen. Natürlich komme ich mit. Aber wie willst du mich da einschleusen, wenn nur du zu dem Seminar eingeladen bist?"

„Das lass nur meine Sorge sein. Ich setze auf den Überraschungsfaktor. Sie können dich doch nicht einfach draußen an der Tür stehen lassen, wenn ich dich mitbringe. Irene wird nichts dagegen haben, natürlich frage ich sie noch. Aber ich glaube, wir haben den Fall bald geklärt, und sie hat dann keine weiteren Spesen mehr."

„Also gut. Aber glaubst du mir wenigstens, dass das alles nur ein Spaß gewesen ist mit Ermanno? Unsere gute Adelaide hat mir nämlich eine gepfefferte Moralpredigt gehalten. Ich wollte wirklich nur diesem Roberto zeigen, dass ich nicht mehr zu haben bin."

Ich lachte. „Ich glaube dir. Du gehörst auch zu den Menschen, die ab und zu, wenn sie etwas tun wollen, nicht so sehr auf die Mittel achten, die sie dabei verwenden. Und, hat jetzt Ermanno den Test bestanden?"

„Eins mit Sternchen, ich erlaube dir, ihn zu heiraten."

Ich schüttelte den Kopf. „Was hast du denn nur immer mit „heiraten"? Davon kann bei uns gar keine Rede sein."

„Ich wollte schon mit Adelaide wetten, dass du innerhalb der nächsten drei Wochen einen

Heiratsantrag bekommst. Willst du mit mir wetten?"

„Nein, trotzdem schaue ich jetzt einmal nach Ermanno. Weiß jemand von euch, wo er gerade ist?"

„In der großen Bibliothek", wusste die Schlossherrin. „Er bereitet dort alles vor für das Seminar und seine Ausstellung. Immerhin haben sich 25 Personen angesagt."

„Wie schön!" freute ich mich. „Dann lohnt es sich wenigstens für ihn."

„Giorgio ist auch bei ihm", rief mir Ada nach. „Er hilft ihm beim Aufbauen."

Giorgio! Richtig, das passte gut. Ich musste ihn unbedingt fragen, ob er derjenige war, der Irene lachsrote Rosen schickte.

Ich eilte in die Bibliothek und entdeckte die beiden Fleißigen, wie sie gerade Glasvitrinen mit Gesteinsproben an eine Seite schoben.

Ich wartete, bis sie damit fertig waren, um keinen Glasbruch zu verursachen und fragte dann mit verstellter Stimme laut. „Haben Sie auch einen ausgestopften Wanderfalken hier?"

Empört drehte sich Ermanno um, aber dann sah er mich und stürmte mir entgegen.

Es gelang ihm gerade noch „Abigail" auszurufen, bevor wir jedes weitere Wort mit einem langen, innigen Kuss unmöglich machten.

Seine Augen leuchteten, als er mir wenig später seine Stein- und Pflanzensammlung zeigte. Für den Anfang hatte er einen kleinen Vortrag vorbereitet und einige Infoblätter auf die Stuhlreihen gelegt.

Als er noch einmal in unsere Wohnung ging, um ein vergessenes Buch zu holen, wandte ich mich an

Giorgio, der gerade den Blumenschmuck herein brachte.

„Kann ich dich einen Augenblick sprechen?" wandte ich mich an ihn und fragte ohne Umschweife. „Hast du dich hier mit Irene Kelly befreundet?"

Er sah mich prüfend an, so als wollte er herausfinden, was ich davon hielt. „Ja, sie ist eine wunderbare Frau. Sie ist bezaubernd."

„Liebst du sie?" fragte ich direkt.

„Ich glaube, ich bin in sie verliebt."

„Und was ist mit Theresa? Ich dachte, du liebst sie."

„Natürlich liebe ich sie. Was für eine Frage!"

„Und jetzt? Was hast du vor?"

„Nichts, ich habe nichts vor. Was denkst du denn!"

„Aber weißt du auch, dass Theresa heute kommt? Eigentlich dürfte ich das niemandem erzählen, weil sie dich und alle anderen überraschen will. Aber in dem Fall musste ich dir doch etwas sagen."

„Oh! Nein, das wusste ich wirklich nicht. Aber es wird auch nicht viel ändern."

„Du willst dich weiter mit Irene treffen, auch wenn Theresa hier ist?"

„Nun, vielleicht nicht so oft. Aber ich habe ja keine Affäre mit ihr. Wir sind nur eng miteinander befreundet."

Ich sah ihn ungläubig an. „Du meinst, du könntest Theresa mit zu Irene nehmen?"

„Nein, natürlich nicht. Während Theresa hier ist, werde ich Irene nicht so oft besuchen."

„Du hast deiner neuen Freundin nicht gesagt, dass du verheiratet bist, Giorgio."

„Wir haben nie darüber gesprochen. Sie hat auch nie gefragt. Vielleicht will sie es gar nicht wissen."

„Das darf doch nicht wahr sein. Hast du denn nicht bemerkt, dass sie sich Hoffnungen macht? Du hast ihr lachsrote Rosen geschenkt!"

„Wenn ich sie lieben würde, hätte ich ihr dunkelrote Rosen geschenkt. Das weiß doch wohl jede Frau. Die Baccara- Rosen, mit denen sagt man, dass man jemanden liebt."

„Das ist eine Ausrede, Giorgio! Was willst du von ihr, von Irene?"

„Das verstehst du nicht Abigail, du bist anders, und Ermanno ist auch anders. Ihr entspringt irgendeinem monogamen Menschenzweig. Aber so sind nicht alle. Leben heißt lieben, lebendig sein, heißt verliebt sein. Für mich ist das wie ein zweiter Frühling."

„Aber willst du denn deswegen deine große Liebe aufs Spiel setzen. Denk doch einmal daran, was ihr beide gemeinsam schon mitgemacht hat. Ihr habt doch für diese Liebe wirklich genug gekämpft. Man hat dich verdächtigt, deine Exfrau umgebracht zu haben, und letztendlich war es doch ein Unfall, an dem auch Theresa beteiligt war, obwohl die alleinige Schuld deiner Exfrau Luciana zuzuschreiben ist."

„Das ist es ja gerade. Unsere Liebe trägt eine große Schwere in sich. Etwas Dramatisches wie in den italienischen Opern. So wie bei der „Sizilianischen Hochzeit", „Cavalleria Rusticana", dieser gewaltigen und dramatischen Komposition, die das Herz der Sizilianer spiegelt. Theresa und ich, wir werden uns nie mit einer Leichtigkeit lieben können. Aber wir sind tief miteinander verbunden, das ist eine Liebe, die nichts und niemand zerreißen kann."

„Jetzt machst du dir aber etwas vor, Giorgio! Theresa ist auch nur ein Mensch, auch nur eine

Frau, und zwar eine Frau von heute. Die lassen sich nicht alles gefallen und verzeihen auch nicht ihrem Mann jeden Seitensprung. Das war vielleicht im Mittelalter so, als man noch verheiratet wurde. Theresa hat ein großes Temperament, sie ist kein geduldiges Lämmchen. Täusche dich nicht in ihr!"

„Jetzt machst du es aber dramatisch. Ich habe doch nichts mit dieser Irene. Ich genieße nur diese Frühlingsgefühle, die mir den Alltag des Lebens etwas versüßen. Ich will sie nicht heiraten. Und ich weiß auch gar nicht, ob ich mehr von ihr möchte, als das, was jetzt zwischen uns ist."

„Natürlich willst du das!" sagte ich ihm auf dem Kopf zu. „Und Irene wird über kurz oder lang auch mehr von dir wollen. Tu etwas, bevor du hier ein Drama heraufbeschwörst. Die beiden können hier jederzeit aufeinandertreffen."

„Das werden sie nicht, dafür werde ich schon sorgen. Theresa kann bei mir im Gutshof wohnen, und in der Zeit werde ich mich eben bei Irene rar machen. Wirst du Theresa etwas sagen?"

„Natürlich nicht. Sonst hätte ich dich doch nicht gewarnt. Das musst du schon selbst klären."

„Ihr hier in Sankt Augustine seid schon etwas kompliziert. Dort, wo ich lebe, sieht man das ganz anders. Da akzeptiert man eben auch, dass ein Mensch sich verlieben kann, obwohl er einen anderen aufrichtig liebt. Ja, es ist eine Art zweiter Frühling, aber wir wissen auch, dass danach auch einmal der Herbst und der Winter folgen. Deswegen genießen wir einfach und reden nicht darüber, und alle akzeptieren es stillschweigend. Eigentlich hätte ich gar nicht mit dir darüber reden müssen. Aber ich bin dir immer noch dankbar, dass du mich damals auch vor dem Gefängnis bewahrt hast. Deswegen stehst du als Vertrauensperson bei mir auf höchster Stufe."

„Danke dir. Es ist schade, dass ich dir da nicht helfen kann."

„Ihr habt zu wenig Sonne auf euren nördlichen Breitengraden, das macht auch die Gedanken und Gefühle oft düster. Hast du mir nicht selber einmal erzählt, dass ihr Menschen aus dem Norden euch immer nach der Sonne Italiens sehnt, nach der Helligkeit, nach der Wärme, nach dem ganz speziellen Licht?"

„Ja schon! Mach, was du willst! Ich wollte dich nur warnen."

Er nahm mich kurz in den Arm. „Das rechne ich dir auch hoch an. Aber jetzt muss ich weitermachen. Das Seminar fängt gleich an und ich habe für Ermanno noch ein paar Dinge vorzubereiten."   ***

Außer den 25 angesagten Gästen nahmen auch noch Adelaide, Carla, Bernhard und Jasmin teil. Ich staunte, wie lebendig Ermanno sein Fachwissen erläutern konnte. Er schaffte es, dass ihm alle Gäste volle 20 Minuten lang mit Aufmerksamkeit zuhörten. Danach durften wir alle mit Pflanzen experimentieren und praktische Erfahrungen mit botanischen Instrumenten sammeln.

In der Mittagspause gab es in der großen Schlossküche eine Kartoffelsuppe mit Würstchen. Die Zeit nutzte ich, um Ermanno zu fragen, ob er mich am Wochenende begleiten wollte.

„Natürlich werden wir nicht die ganze Zeit zusammen sein können", teilte ich ihm bedauernd mit. Aber wir können uns zwischendurch einmal sehen, und haben während der Autofahrten auch Zeit, uns zu unterhalten."

„Ich wollte dich sowieso besuchen", verriet er mir, auch als Überraschung, und dir vor Ort ein bisschen seelische Unterstützung geben. Wenn ich gewusst hätte, dass du es beinahe mit Kriminellen zu tun hattest, wäre ich von Anfang an mit dir gefahren und hätte auf dich aufgepasst."

Ich freute mich. „Wie schön! Jetzt muss ich dich noch einen Augenblick allein lassen. Ich werde etwas später wieder zu deinem Seminar hinzukommen. Das wollte ich auf keinen Fall verpassen. Aber ich möchte noch kurz bei Irene vorbeischauen, um ihr noch einmal einige Dinge persönlich zu erklären."

Er nickte. „Ja, und dann solltest du dich noch ein paar Stündchen aufs Ohr legen, bevor wir heute Nacht wieder losfahren."

Ich warf ihm einen Handkuss zu, wünschte den übrigen Gästen mit einem „Mahlzeit!" noch einen guten Appetit und verließ die Küche. Eilig zog ich mir einen Mantel über und begab mich auf den Weg zu Irene.

Draußen empfing mich eine milde Luft. Sie duftete weit weniger herb als vor ein paar Tagen, eine süße Note schwang in ihr mit. Zwischen den letzten Schneeglöckchen zeigten sich Krokusse in Goldgelb und Violett. In einigen Gärten leuchtete mir die japanische Kirsche in verführerischem Rosa entgegen, die Forsythienzweige zeigten ihr erstes freundliches Gelb. Primel in vielen Farben und Arten drängten sich vor meine Augen und versprachen einen baldigen Frühling.

Was für ein Geschenk! Den ersten Frühling hatte ich auf Sizilien erleben dürfen. Und jetzt öffnete sich hier bei hellem Sonnenschein mit einem bunten Bild eine neue Zeit, ein weiteres Frühlingserwachen.

Ich atmete tief und ließ das, was ich sah, in meine Seele einfließen. In den engen Straßen zwischen den alten Häusern holten mich die ernsten Gedanken wieder ein, die mit Verena und ihrem Leben zu tun hatten. Kurz vor dem Gartentor kam mir eine Frau entgegen, die mir bekannt vorkam.

„Hallo Abigail!" rief mir Irene entgegen. „Du bist schon hier? Das ist aber eine Überraschung! Ich komme gerade aus der Schule. Komm mit herein! Willst du mit mir etwas essen?"

„Oh nein, danke", lehnte ich ab. „Frau Rossini hat mich eben schon gut gefüttert. Ich habe dir schon die meisten Neuigkeiten gestern auf dein Band gesprochen, als du nicht zu erreichen warst. Aber ich dachte ich, ich komme noch einmal schnell selbst bei dir vorbei, bevor ich heute Nacht mit Ermanno und Greta wieder nach Bonn fahre, um mich dann in Rheinbach noch einmal in die Höhle des Löwen zu begeben."

„Das ist lieb, dass du noch einmal vorbeikommst. Ich bin dir auch wahnsinnig dankbar für alles und freue mich so sehr, dass es Verena verhältnismäßig gut geht. Wenn ich mir vorstelle, dass sie dort bei diesem schlimmen Oliver Frühling war und auch in seinen Fängen zur Drogeneinnahme verführt worden wäre, das wäre doch entsetzlich geworden! So etwas darf ich mir gar nicht vorstellen, sonst wird einem noch im Nachhinein Angst und Bange."

Ich nickte. „Sie hat einen guten Schutzengel gehabt. Was sie jetzt brauchte, wäre eine gute Psychologin, aber die kann ich kaum auf Dauer bei ihr dort einschleusen. Deswegen müssen Greta und ich versuchen, ihr am Wochenende ein bisschen die Augen zu öffnen."

„Möchtest du Kaffee, Kakao oder Tee, Abigail? Nach diesen anstrengenden Tagen brauchst du doch eine Stärkung."

Ich entschied mich für Tee. „Vielleicht einen Kräutertee, damit ich mich schon ein wenig auf das Wochenende vorbereiten kann."

„So ein Leben auf dem Bauernhof, das wünschen sich so viele", fand sie. „Meinst du nicht, dass es ihr auch noch dort gefallen wird, wenn sie erfährt, dass man sie mit dieser Geistergeschichte unter Druck gesetzt hat?"

„Ich finde es schon sehr brutal, wenn man so mit den Gefühlen eines Menschen spielt, Irene. Schließlich liebte sie ihren Vater und ihre Pflegeeltern, und auch jetzt noch würde sie alles versuchen, um von ihnen geliebt zu werden, wenn das irgendwie möglich wäre. Da ist es dann doch schon ganz grausam, mit den angeblichen Aussagen der Verstorbenen erpresst zu werden."

Sie sah mich nachdenklich an „Verena scheint sehr gutgläubig zu sein. Wer glaubt denn, dass die Verstorbenen mit den Lebenden reden können!"

„Da ist sie nicht die einzige", berichtete ich ihr.

„Ich habe da auch schon von allerlei Phänomenen gehört. Aber in diesem Fall hat man da etwas Emotionales zusammenfantasiert, wodurch sie gezwungen wird, ein Verbrechen zu decken. Ich weiß nicht, ob sie da bleiben wird, wenn sie das erfährt."

„Aber du hast doch auch erzählt, dass da alles friedlich und mit Liebe zugeht, und sich alle verzeihen. Wünscht sich das nicht jeder so in Gedanken für das Leben auf dieser Erde? Wenn sie so sensibel ist, gehört sie dann nicht sogar vielleicht hin?"

„Es gibt keinen Frieden auf dieser Erde und auch nur wenig dauerhafte Liebe, aber sie wird gezwungen, dort zu leben. Vorerst müsste man ihr die Möglichkeit geben, eine freie Entscheidung zu fällen. Sie ist eine junge Frau, vielleicht möchte sie heiraten und Kinder haben. Und da gibt es auch noch den Jens, der sie liebt und sich um sie Sorgen macht. Da sollte man ihr auch eine Gelegenheit geben, ihn besser kennenzulernen."

„Wirst du auch die Polizei dorthin schicken, Abigail?"

„Wir können Frederic und den Leuten auf dem Hof keine Entführung nachweisen. Ich habe mit Verena gesprochen, sie hat mir gesagt, dass sie ihre Freunde dort nicht verlassen möchte. Da kann die Polizei also auch nichts machen. Wenn ich wieder zurückkomme, werden wir mehr wissen."

„Was kann ich denn noch für dich tun? Brauchst du noch mehr Geld?"

„Nein, du hast mir reichlich auf das Bankkonto überwiesen. Ich denke, du bekommst eine ganze Menge zurück."

„Gewiss nicht. Nimm den Rest und mach dir später dann mal ein schönes Wochenende mit Ermanno! Du hast es verdient."

„Ach, ehe ich es vergesse: Hast du eigentlich mal mit Giorgio geredet?"

„Nein, aber es hat mir in Gedanken keine Ruhe gelassen. Weißt du, eigentlich ist er doch ein ziemlich feuriger Italiener. Als ich meine Fremdsprachen gelernt habe, bin ich lange in Italien gewesen. Dort hatte ich viele Freunde, Frauen und Männer und ich konnte die Mentalität der verschiedenen Landstriche erleben. Giorgio ist aus Sizilien, da findet man schon vermehrt eine heißblütige Mentalität. Aber was rede ich so darum herum?! Es waren alles Draufgänger, die ich dort kennengelernt habe. Die haben nicht lange herum gemacht mit süßen Reden und so. Bei Giorgio habe ich mich schon etwas gewundert, dass wir immer noch nicht im Bett gelandet sind. Ich habe mir so allerhand Gedanken darüber gemacht. Seine Gefühle zeigt er mir schon, wenn wir zusammen sind. Ich genieße es, wenn er mir Komplimente sagt oder romantische Worte. Ich genieße es, wenn er mich mit Blumen oder kleinen Geschenken verwöhnt. Ich genieße es einfach, dass er mir seine Aufmerksamkeit schenkt. Trotzdem irritiert es mich, dass er bisher noch keine Anstalten gemacht hat, mir näher zu kommen. An manchen Abenden habe ich mir vorgenommen, ihn zu verführen. Aber irgendetwas hielt mich immer davon ab, wenn er dann hier war und wir unsere besondere Zweisamkeit genossen.

Du glaubst gar nicht, wie viele Gedanken ich mir gemacht habe. Da kam alles, was eine Frau dann so denkt in Bezug auf die Sexualität. Will er nicht, oder was ist sonst noch mit ihm los? Und in dem Zusammenhang habe ich dann auch an deine Worte gedacht. Italien ist weit, besonders die Gegend, aus der er kommt. Was, wenn er dort wirklich eine Partnerin hat, der er auf seine Art treu bleiben will? So etwas soll es ja geben, sogar bei Männern."

„Ja", sagte ich schlicht.

„Also, wenn ich es wirklich darauf anlege, bin ich fast sicher, ihn verführen zu können. Aber dann kommt da doch ein bisschen Angst durch. Was ist, wenn er mir dann einen Korb gibt und sagt: Ich will nicht, ich gehöre einer anderen Frau.

Du kannst dir denken, dass ich da dann lieber gar nichts gesagt habe. Ich habe ihn nicht gefragt. Vielleicht will ich es auch gar nicht wissen, weil ich befürchte, dass unser Traum dann zu Ende ist. Kannst du mir da einen Rat geben, Abigail. Soll ich all meinen Mut zusammen nehmen, und ihn doch verführen?"

„ Lieber nicht! So etwas kann man nur schwer verwinden. Eine Abfuhr meine ich. Sie ist für dein Selbstbewusstsein nicht gut, kann zu einer großen Enttäuschung werden. An deiner Stelle würde ich ihn fragen, wenn es dir wichtig ist. Frag ihn, ob er eine feste Partnerin hat! Erlebe den Traum so als Traum, auch wenn er eines Tages entschwindet und einer nüchternen Wirklichkeit Platz machen muss!"

„Vielleicht sollte ich das wirklich immer im Hinterkopf haben", überlegte sie. „Dann falle ich später einmal nicht zu tief. Vielleicht erledigt sich das aber auch alles ganz von selbst, wenn er wieder zurück nach Italien muss. Ich habe hier mein Leben, meinen Beruf, der mir sehr viel Freude bereitet, und möglicherweise darf ich auch bald einmal Verena sehen."

„Er wird wieder nach Italien gehen, wenn er hier mit seiner Arbeit fertig ist. Die Renovierungsarbeiten sind schon sehr weit fortgeschritten."

Sie atmete tief. „Ja, egal ob er eine Partnerin hat oder nicht. Er wird wieder zurückgehen, ich habe es seinen Erzählungen entnommen, wie sehr er seine Heimat liebt, wie tief er dort verwurzelt ist. Lass mich noch ein bisschen träumen!"

„Das darfst du jetzt, Irene. Und ich lass dich jetzt allein und werde mich noch ein bisschen aufs Wochenende vorbereiten. Sicher kann Adelaide noch ein paar Tipps geben, damit ich in den

Esoterikerkreisen kein unbeschriebenes Blatt mehr bin."

Sie lachte. „Bisher hast du dich doch gut geschlagen und man hat dich nicht entlarvt. Es ist schon richtig gewesen, dass ich dich mit der Suche beauftragt habe. Und jetzt wünsche ich dir noch einmal ganz viel Glück und ebenso viel Erfolg!" Sie nahm mich in den Arm und drückte mich.

Von der Tür aus folgte sie meinem Weg mit den Augen und winkte mir noch lange nach.

Als ich im Schloss ankam, hatten sich die Teilnehmer des Seminars inzwischen alle wieder in der großen Bibliothek versammelt und arbeiteten mit Gesteinsproben, die Ermanno verteilt hatte. Eilig begab ich mich an meinen Platz und beschäftigte mich ebenfalls Quarzen und Glimmerschiefer.

Am späten Nachmittag beendete Ermanno mit einer kurzen Abschlussrede den Kurs, verteilte an jeden Anwesenden eine Teilnehmer-Urkunde und erntete einen kräftigen Applaus.

Die beiden Rossinis luden noch einmal zu einem Abschlussimbiss ein, der wie meist in der großen Schlossküche eingenommen wurde.

Bevor wir dort ankamen, alle gemeinsam in einem Pulk dorthin strebend, führte uns Adelaide einen laut lachendem Wirbelwind entgegen, so schien es mir jrdenfalls. Kein Zweifel, dieses extravagante, in einen Hauch von pinkfarbener Seide gehülltes Wesen, das war Theresa, die geniale Bildhauerin aus Catania.

Sie flog mir mit Vehemenz in die Arme und küsste mich auf die Wangen, wieder und wieder, so als hätten wir uns seit Ewigkeiten nicht mehr gesehen.

„Wie schön ist es, wieder einmal hier zu sein", trällerte sie mit in ihrer melodischen Stimme. „Ich bin so froh, euch alle wieder zu sehen."

Als nächstes fiel sie Giorgio in die Arme und ich konnte beobachten, wie herzlich sie sich begrüßten, sich immer wieder ansahen und küssten. Ich konnte weder einen grauen Liebes-Alltag davon ableiten, noch etwas von der Schwere erkennen, von der Giorgio gesprochen hatte. Im Gegenteil, Theresa strahlte solch eine Fröhlichkeit und Leichtigkeit aus, dass man sich unversehens anstecken konnte.

Ob diese Schwere, von der er sprach, vielleicht in ihm selbst steckte? So wie ich ihn kannte, hatte er sich mit Sicherheit nach dem Tod seiner Frau keiner Therapie unterzogen. Gewiss, seine Frau war brutal und gemein gewesen, letzten Endes auch noch kriminell, aber eine Frau zu verlieren, dann noch auf solch eine tragische Weise ist ein

Schicksalsschlag, den man nicht leicht verarbeiten kann.

Ich wusste, er würde sich keiner Therapie unterziehen, dazu war er ein zu stolzer Mann, leider! Vielleicht konnte ihn aber Theresa etwas aufheitern, es schien mir, als habe sie den sizilianischen Frühling mitgebracht.

Nachdem die schöne Südländerin ihren Mann und anschließend auch noch die beiden Rossinis geherzt und geküsst hatte, wandte sie sich erneut an mich.

Sie schlang die schönen Arme fest um mich herum und bedeckte mich mit Küssen. „Was ist das für eine Freude, dich wiederzusehen!"

Ich verkniff mir ein Lachen. „Es sind zwar erst ein paar Tage her, seit wir uns das letzte Mal gesehen haben, aber ich freue mich auch riesig, dass uns so schnell wieder ein Wiedersehen gegönnt wird."

„Ich habe es einfach nicht mehr ausgehalten, so lange ohne Giorgio!" verriet sie mir. „Und ich habe deswegen für ihn auch eine Überraschung vorbereitet. Davon darfst du ihm aber nichts verraten."

„Keine Sorge! Dafür werde ich in den nächsten zwei Tagen auch gar keine Gelegenheit haben, ich muss noch mal nach Rheinbach in die Nähe von Bonn fahren, um dort einen Fall hoffentlich zu einem guten Ende zu bringen."

„Das ist aber schade! Am Montag fliege ich schon wieder zurück nach Catania. Und trotzdem wunderst du dich bestimmt, warum ich so wahnsinnig glücklich bin."

„Bist du etwa schwanger?"

„Nein, das noch nicht. Aber ich könnte es in der nächsten Zeit werden. Mein Vater Giovanni hat nämlich einen ganz besonderen Auftrag für Giorgio ergattert, ganz in der Nähe von Syrakusa auf Sizilien. Dort darf er eine sehr alte Kapelle restaurieren, und zwar ist es die, in der er als Baby getauft wurde. Das ist eine große Ehre für ihn, und es wird ihm viel bedeuten. Ich habe das alles schon am Telefon mit Moro Rossini besprochen. Der weiß also Bescheid, die anderen beiden Italiener bleiben noch hier und stellen die Arbeit im Gemeindezentrum fertig. Rossini hat schon einen Rückflug gebucht für Giorgio, leider hat er keinen mehr mit mir gemeinsam bekommen, er wird dann noch einen Tag länger hierbleiben. Aber das kann ich dann auch noch aushalten, wenn ich es jetzt so lange ohne ihn ausgehalten habe."

„Das ist ja eine Überraschung. Und er weiß es noch nicht, Giorgio meine ich?"

„Nein, aber ich werde es ihm heute Abend verraten, wenn wir nachher gemeinsam zum

Gutshof gehen und bei Jasmin und Senta unsere erste gemeinsame Nacht nach so langer Zeit genießen dürfen."

„Bist du denn nicht müde von der Reise?"

„Müde? Selbst wenn ich vom Himalaja kommen würde, könnte mich jetzt nichts zum Schlafen bringen. Ich merke immer mehr, dass Giorgio meine Muse ist. Natürlich kann mich auch die Sehnsucht zuweilen inspirieren. Aber seine Nähe ist wie ein Elixier aus Sternengold. Er lässt meine Adern pulsieren, und das gibt mir Kreativität. Kennst du das Gefühl, wenn man einen Menschen berührt und glaubt, man habe sich an einer Steckdose angeschlossen, um durchströmt zu werden?"

„Ich glaube, ich weiß, was du meinst. Wie schön, dass Giorgio wieder mit zu dir in den Süden kann. Ich habe das Gefühl, dass ihm der Winter in

Deutschland nicht so gut bekommen ist. Er scheint ein bisschen schwermütig geworden zu sein."

„Wenn er heute Abend in meinen Armen liegt, darf er alles Schwere ablegen. Ich werde ihn erst wiegen wie ein Kind, bis er sich geborgen fühlt. Und dann wird unsere Liebe sein wie die heiße Quelle eines Geysirs."

Ich nickte. „Du schaffst das schon. Bei dir wird er alle dunklen Erinnerungen vergessen."

„Im Frühjahr, da kommt er doch bestimmt zu uns", vermutete sie. „Sicher macht ihr dann eure Hochzeitsreise nach Catania."

Ich sah sie erstaunt an. „Was redet ihr dann alle immer von Hochzeit? Wer hat euch das nur in den Kopf gesetzt? Auch Greta hatte diese absurde Idee."

Sie lächelte. „Das habe ich so im Gefühl, wenn ich euch ansehe. Da liegt eine positive Spannung in der

Luft." Sie zeigte auf das Eingangstor. „Da kommt Niklas, gerade richtig zum Abendessen. Ihr habt doch nicht etwa schon wieder einen Fall gelöst?"

„Leider noch nicht. Vielleicht will er Jasmin abholen, die heute an dem Seminar teilgenommen hat."

Niklas steuerte auf Ermanno, Theresa und mich zu. „Guten Abend, meine Lieben! Jetzt werdet ihr staunen. Und haltet euch fest, die Neuigkeit wird euch überraschen."

Adelaide und Moro traten hinzu und begrüßten den Kriminalkommissar ebenfalls.

Er sah bedeutungsvoll in die Runde. „Das war wohl ein guter Tipp gewesen, die Angelegenheit mit Oliver Frühling in Bonn. Die dortige Polizei hat einen sehr aktiven Drogenring gesprengt und konnte die Haupttäter festnehmen. Frühling spielte zwar nur eine Nebenrolle, aber für eine Festnahme reicht es auch. Sie hatten da schon immer etwas vermutet, haben aber dann aufgrund des neuen Hinweises gestern zugeschlagen. Und was da mit so einer Art Mädchenhandel gelaufen ist, das wird auch noch untersucht und gegebenenfalls unterbunden. Das war also ein voller Erfolg."

Ermanno und ich sahen uns an und freuten uns.

„Dann können wir heute Nacht etwas beruhigter ins Rheinland fahren", meinte er.

Adelaide lud Niklas ein, am gemeinsamen Abendbrot teilzunehmen, und er willigte dankend ein. Bei einer lebhaften Unterhaltung genossen wir die Speisen, die Carla und Adelaide mit Hingabe schmackhaft zubereitet hatten.

Ermanno, Greta und ich verabschiedeten uns recht früh von den anderen, weil wir uns für die Nachtfahrt noch etwas ausruhen wollten, und

Adelaide überreichte mir das obligatorische Proviantpaket mit einigen guten Wünschen.

***

Tatsächlich war ich während der Autofahrt eingeschlafen, genau wie Greta, während uns Ermanno unfallfrei durch die Nacht chauffierte, sodass wir am anderen Morgen in Rheinbach noch ein kleines Frühstück einnehmen konnten, bevor er uns auf dem Parkplatz in der Nähe des Bauernhofes absetzte.

„Ich suche uns inzwischen schon einen gemütlichen Gasthof für heute Nacht", teilte mir mein Freund mit. Und langweilig wird es mir heute auch nicht, während ihr euch unterhalten lasst. Ich wandere inzwischen ein bisschen im Ahrtal herum und nehme ein paar Gesteinsproben. Morgen werde ich in die Vulkaneifel fahren zu den Maaren, das ist für mich dann ein Highlight."

„Du bist ein Schatz!" lobte ich Ermanno. „Und drück uns die Daumen, dass wir uns Verena etwas annähern können!"

Nach einer kurzen und herzlichen Verabschiedung schlenderten Greta und ich in Richtung Hof, wo mich dieses Mal Angelika schon am Tor erwartete.

Sie sah mich überrascht an. „Du hast jemanden mitgebracht? Das war nicht abgesprochen."

„Ich weiß, entschuldige bitte, Angelika! Aber es ist wirklich ein Notfall. Greta ist in einer Lebenskrise und benötigt dringend Hilfe. Ich hoffte, dass sie an meiner Stelle heute Nacht das Bett bekommen kann, da uns freundlicherweise mein Freund hierher gebracht hat, mit dem ich dann bei Bekannten schlafen werde. Ob du wohl einmal fragen kannst, wie man ihr helfen kann? Natürlich komme ich für die Kosten auf."

Angelikas abweisendes Gesicht entspannte sich. „Gut, dann kommt erst einmal mit herein und wartet in der Küche. Dort könnt ihr euch schon einmal mit Tee bedienen."

Wir folgten ihr bereitwillig ins Haus und nahmen in der mit alten Möbeln eingerichteten Küche voller Erwartung Platz.

Etwas später erschien Frederic und begrüßte Greta und mich überaus freundlich. „Natürlich darf deine Freundin am Seminar teilnehmen, wir freuen uns über jeden, den wir für eine gute Sache begeistern können. In der heutigen Zeit gibt es viel zu viele egoistische Menschen, die nur darauf bedacht sind, rücksichtslos ihren Profit zu machen. Da sind wir glücklich über jeden Menschen, der mit Idealen nach dem Sinn des Lebens strebt."

„Ich lebe auch daheim in einer winzigen Holzhütte, sie ist sehr alt und steht in einem sumpfigen Gebiet auf Pfählen", berichtete Greta. „Das winzige Grundstück grenzt da an ein Naturschutzgebiet an, das Blumenviertel mit sehr viel unberührter Natur.

In den letzten Jahren ist uns sogar wieder eine Nachtigall zugeflogen."

Er horchte auf. „Schön, dass es so etwas noch gibt. Dann wirst du dich vielleicht auf dem Bauernhof hier auch ein bisschen wohlfühlen. Beim Seminar sprechen wir uns übrigens alle mit Du an. Trinkt erst einmal in Ruhe euren Tee, und dann kommt einfach in den großen Meditationsraum. Du kennst ihn ja schon, Abigail. Wir stimmen uns inzwischen schon etwas auf euch ein."

Diese Freundlichkeit hatte ich nicht erwartet, war sie nun gespielt, oder hatte sich inzwischen etwas geändert.

„Kannst du das verstehen?" wandte ich mich an Greta. „Er ist wie umgewandelt, dieser Frederic. Ich möchte gern wissen, wodurch das gekommen ist?"

„Entweder freuen sie sich, dass durch uns etwas Geld einkommt, oder sie haben schon erfahren, dass man Oliver und seine Leute festgenommen hat. Schließlich ist es einfach nur ein paar Kilometer von Bonn entfernt, da liest man so etwas nicht nur in der Zeitung heute, es wird auch im Radio übertragen."

Ich überlegte. „Das könnte sein. Und selbst wenn sie es weder im Radio gehört, noch in der Zeitung gelesen haben, so könnte Ihnen doch auch Kerstin inzwischen Bescheid gegeben haben. Denn sie ist wahrscheinlich mit Sicherheit jetzt schockiert und muss den Fotoladen allein weiterführen, falls er nicht auch von der Polizei erst einmal geschlossen wurde, wegen der Ermittlungen."

„Richtig. Dann müssen die Bewohner hier auch gar keinen Druck mehr auf Verena ausüben. Genau genommen ist sie jetzt frei. Das ist eine völlig neue

Situation. Und selbst wenn Frederic einen Vertrag mit Oliver hatte, der ist jetzt auch hinfällig geworden."

„Ob sie es ihr schon gesagt haben?" Ich leerte meine Tasse.

„Wir werden es sehen. Soll ich Frederic einfach darauf ansprechen? Ich habe einen guten Draht zu ihm."

„Lieber noch nicht, Greta! Lass uns erst einmal abwarten, was die Gruppe jetzt mit uns vorhat." Nachdem wir die Tassen feinsäuberlich gespült und in ein Regal zurückgestellt hatten, wo sich noch einige andere von der gleichen Sorte befanden, begaben wir uns zum Meditationsraum, den wir uns nach einem leisen Klopfen betraten. Eine Entspannungsmusik und das Licht vieler Kerzen umfingen uns. Frederic machte uns ein Zeichen, auf den freien Kissen Platz zu nehmen und die entspannte Körperhaltung, die wir bei den anderen sahen, ebenfalls nachzuahmen.

Nach einer Zeit der Stille stand Angelika auf und holte einige Klangschalen aus einer hölzernen Truhe, die sie in Schwingung versetzte, während sie Anweisungen gab, mit welcher Körperhaltung wir eine tiefere Entspannung erlangen konnten.

Die Entspannungsmusik verführte zum Einschlafen, bald hatte ich das Gefühl in einen halbwachen Zustand hineinzugleiten.

Fast unbemerkt war der Vormittag vorübergegangen, und ich fühlte mich entspannt und konnte mir problemlos vorstellen, dass dieser Zustand vielen Menschen gefiel. Genau diese Eindrücke konnten nun allerdings auch dazu verleiten, dass man der Gruppe vertraute und auch alles andere glaubte, was die Hofbewohner ihren Gästen vorsetzten. Kein Wunder also, dass Verena ihren Freunden geglaubt hatte, dass man mit ihren verstorbenen Pflegeeltern und ihrem Vater gesprochen hatte.

Zum Mittagessen gab es eine Gemüsebrühe, vorher allerdings verteilte Angelika für jeden mehrere Gläser Wasser, die sie nach eigenen Angaben mit Energien und Segen angereichert hatte. Es folgte eine Stunde zur freien Verfügung, die wir alle im Garten verbringen durften. Auf mein Zeichen hin begab sich Greta zu Frederic, um sich von ihm die Felder zeigen zu lassen, während ich Gelegenheit hatte, Verena bei den Obstbäumen zu treffen, unter denen sie einige Atemübungen ausführte.

Sie freute sich, als sie mich sah. „Hallo Abigail! Schön, dass du wieder da bist. Deine Freundin macht auch einen netten Eindruck. Wirst du mir heute noch etwas mehr aus den Karten sagen?"

„Ich kenne den Tagesplan nicht. Aber wir werden bestimmt die Gelegenheit heute oder morgen dazu haben. Am besten fragst du Frederic danach!"

Sie nickte. „Er ist jetzt immer etwas besser gelaunt. Tatsächlich hast du ihn mit diesen Seminaren auf eine Idee gebracht, wie wir die Finanzen etwas aufbessern können."

Ich staunte, dass sie mir so etwas anvertraute. Vermutlich hatte sie in der Gruppe gelernt, schnell Vertrauen zu anderen zu entwickeln.

Ich tat ahnungslos. „Ach ja? Und ich dachte, dass ihr so etwas immer schon macht. Euer Hof ist doch geradezu ideal dazu. Und die Gäste können sich in der Natur und in eurer liebevollen Gesellschaft wohlfühlen. Das haben wir auch sehr nötig, obwohl es mir momentan in der Nähe von Bonn nicht so ganz geheuer vorkam, als ich heute Morgen die Nachrichten hörte."

„Wir hören hier nicht so auf die Nachrichten", verriet sie mir. „Frederic meint, dass man sich damit nur unnötig verschreckt und die Seele belastet. Was ist denn da passiert?"

Spontan entschloss ich mich, aufs Ganze zu gehen.

„Sie haben einige Drogenbosse festgenommen, unter anderem einen Oliver Frühling, der auch seine Hände noch in anderen dunklen Geschäften hat. Ein guter Bekannter von mir, der ist Arzt, der hat schon oft erlebt, wie Menschen an Drogen gestorben sind. Es ist gut, dass jetzt ein paar Menschen weniger verführt werden können, die dann nachher qualvoll sterben müssen."

Ich hatte bemerkt, dass sie bei dem Namen Oliver Frühling zusammengezuckt war.

„Ist das wahr?"

„Ja, die Polizei hatte da wohl schon lange ermittelt, aber hat nun tatsächlich bei den Untersuchungen und Razzien auch Beweise gefunden. Das ist oft sehr schwierig, aber auf Dauer gehen solche kriminelle Machenschaften nie gut."

„Wir nehmen hier keine Drogen", berichtete sie mir. „Wir benutzen nur die Kräuter der Natur, die legal sind. Darauf achtet Frederic. Aber Drogen haben wir hier auch gar nicht nötig, wir sind auch so glücklich."

„Du bist also glücklich?"

„So, wie man es eben sein kann, wenn man von einem schlechten Gewissen befreit wurde. Jetzt verrate ich es dir, da du ja sowieso alles von mir schon weißt. Genau dieser Oliver Frühling, war mein Freund, der mich aus Brasilien nach Bonn gebracht hat. Ich wollte ihn nie bei der Polizei verraten, weil ich es meinen verstorbenen Verwandten versprochen hatte. Aber ich glaube, das Schicksal wollte es so, dass er nun doch zur

Rechenschaft gezogen wird. Es ist ja nicht meine Schuld, dass man ihn festgenommen hat."

„Gewiss nicht. Genau genommen ist es seine eigene Schuld, weil er solche Verbrechen begeht."

Sie sah mich verwundert an. „So wie du das siehst, habe ich das noch gar nicht betrachtet. Aber eigentlich hast du Recht. Und was werden jetzt meine Pflegeeltern und mein Vater dazu sagen?"

„Die werden sich vom Himmel aus freuen. Oder glaubst du etwa nicht?"

„Ich weiß es nicht, ich dachte, die wollten, dass ich verzeihe."

„Ich glaube nicht, dass sie wollen, dass du einen Verbrecher deckst. Das waren doch bestimmt alles ehrliche Menschen, die nach den Gesetzen gelebt haben. Sicherlich hast du das missverstanden. Vielleicht möchten sie nur, dass du dich langsam von den negativen Gedanken der Vergangenheit befreist, damit sie dich nicht dein Leben lang belasten. Denn es ist gut, wenn du eines Tages das Kapitel deiner Enttäuschungen abschließen kannst."

„Ach so, ja, das kann natürlich auch gewesen sein. Dann hat das die Hortensie sicher falsch verstanden."

„Hortensie? Wer ist das? Sie ist mir gar nicht in dieser Gruppe vorgestellt worden."

„Nein, sie gehört auch nicht zu uns. Angelika hatte sie eingeladen, weil sie eben bekannt dafür ist, dass mit Verstorbenen Kontakt aufnehmen kann. Und sie wusste auch die Namen meiner Eltern, deswegen habe ich ihr auch geglaubt. Sie hat Angelika und Frederic für mich die Botschaften mitgegeben. Ich war nicht selbst dabei."

„Mhm", murmelte ich. „Du kennst doch bestimmt das alte Spiel „Stille Post". Wenn da mehrere Leute immer etwas weitersagen, kommt am Ende irgendetwas ganz anderes heraus. Ich bin ganz sicher, dass deine verstorbenen Verwandten nicht wollten, dass du Verbrecher deckst, aber nun musst du dir darüber keine Gedanken mehr machen. Es hat sich alles von selbst erledigt. Die Polizei hat sich bereits um alles gekümmert, und du musst keine Angst mehr haben."

Sie atmete tief. „Das muss ich jetzt alles erst einmal in mich aufnehmen. Ich glaube, es ist gut, dass wir gleich weiter meditieren."

In diesem Augenblick rief uns Angelika herbei. „Wir machen alle noch ein paar Minuten gemeinsam einen Spaziergang durch die Felder. Die frische Luft tut gut."

Frederic, der die Gruppe anführte, wies uns an, schweigend hinter ihm herzugehen und dabei mit allen Sinnen die Natur aufzunehmen. „Öffnet eure

Augen, eure Ohren und atmet tief ein! Spürt an eurer Haut und öffnet die Seele für alles, was euch die Natur bietet!"

Doch kaum waren wir unterwegs, begann es zu regnen und wir kehrten zum Bauernhof zurück, wo wir uns erst einmal trockneten und dann mit einem heißen Tee aufwärmten."

Am Nachmittag zeigte uns Angelika einige Atemübungen zur Entspannung, später lernten wir durch Olga, die dritte weibliche Bewohnerin des Hofes, entspannende Düfte kennen.

Nach dem Abendbrot, zu dem es wieder Gemüsebrühe gab, erhielten wir wieder etwas Zeit zur freien Verfügung. Ich traf mich mit Greta im Vorgarten und berichtete ihr, dass ich Verena schon über die Ereignisse von Oliver aufgeklärt hatte.

„Das ist doch schon einmal gut", fand sie. „Übrigens, die Leute hier sind gar nicht so übel. Ich glaube, sie haben etwas Geldsorgen, das hat sie bestimmt auf die schiefe Bahn gebracht."

Ich nickte. „Ja, das nehme ich auch an. Und das ist sehr schade, weil ihre Grundidee vom Leben in der Natur und dem harmonischen Miteinander gar nicht so schlecht ist, soweit man das in der heutigen Zeit überhaupt verwirklichen kann. Und wie fühlst du dich hier. Willst du wirklich heute Nacht hier schlafen oder lieber mit uns in den Gasthof kommen?"

„Die Landluft hier tut mir gut, natürlich bleibe ich hier. Du musst dir auch keine Sorgen machen, die sind hier alle sonst ganz harmlos, und werden mich schon in der Nacht nicht ausrauben. Vielleicht habe ich dann noch Gelegenheit, hier ein bisschen rumzuschnüffeln, wie weit hier alles legal ist.

Mach du dir ruhig mit Ermanno einen schönen Abend! Ich habe ja auch noch etwas gutzumachen bei dir."

„Hier in dieser Umgebung muss ich dir doch alles verzeihen", scherzte ich. „Hast du dich vielleicht schon in Frederic verliebt?"

„Ach, nein! Ich habe ihn schon längst durchschaut. Er tut so bescheiden und menschenfreundlich. Aber in Wirklichkeit braucht er hier seine Anhänger für sein Selbstbewusstsein, um sich unentbehrlich zu machen. Er braucht das Echo dieser ganzen Gruppe. Ich wünsche mir einmal ein Mann, der mich ganz allein liebt und nicht nur die ganze Welt."

„Das kann ich gut verstehen", stimmte ich ihr zu. „Dann lass uns mal wieder zu den anderen gehen." Als wir uns alle gemeinsam wieder in den Meditationsraum begaben, erkundigte ich mich bei

Frederic, wann ich denn jetzt mit dem Kartenlegen fortfahren sollte.

„Heute und morgen passt es gar nicht", entschied er, „das würde zwischen den Entspannungsmeditationen erheblich stören. Dafür kommst du am besten ein andermal wieder. Es ist sinnvoller, wenn ihr uns die volle Vergütung, für das Seminar und die Übernachtung bezahlt. Es muss alles in einem guten Fluss bleiben."

„Wie meinst du das, Frederic?"

„Na, ich denke, du arbeitest im esoterischen Bereich. Geld ist doch nichts Schlimmes. Es ist nur ein Symbol für Arbeit. Und wenn Arbeit fließt, muss die symbolische Arbeit, also das Geld zurückfließen. Sonst sind die Energien nicht im Gleichgewicht."

Ich machte eine wegwerfende Handbewegung.

„Ach, so meinst du das. Ja, dem Sinn nach kenne

ich das auch, aber in unserer Gegend benutzt man andere Worte dafür. Kannst du mir denn auch schon verraten, was morgen auf dem Programm steht?"

„Morgen lernt ihr die Farben kennen, wie man sie zum Heilen einsetzt und später Heilsteine, nach dem Mittagessen dürft ihr erfahren, wie sich Heilenergien anfühlen und am Nachmittag, vor dem Abschluss werden wir gemeinsam über Gretas Problem diskutieren. Du sagtest doch, sie sei in einer Krise."

„Ja, in einer emotionalen. Sie verliebt sich immer in Männer, die schon vergeben sind. Also genau genommen steht sie einer normalen Liebe gar nicht offen gegenüber. Und im Augenblick muss sie noch schwere Enttäuschungen überwinden. Vielleicht könnt ihr Greta dabei helfen."

„Wir werden uns bemühen", versprach er und wies auf das Kissen, das inzwischen im Meditationsraum mein fester Platz geworden war. Wiederum umhüllte uns leise entspannende Musik, während wir angewiesen wurden, unseren eigenen Gedanken schweigend nachzuhängen.

Während ich so da saß, beobachtete ich aus den Augenwinkeln heraus die übrigen, die ihre Augen geschlossen hielten. Ich entdeckte, dass Verena ebenfalls blinzelte und offenbar nicht in der Lage war, sich in völlige Entspannung zu begeben. Ob sie wohl über all das nachdachte, was ich mit ihr besprochen hatte?"

Nach einer Weile ließ Frederic den Gong ertönen und erklärte das Seminar des heutigen Tages für beendet.

Ich verabschiedete mich von ihm und den anderen, wünschte Greta noch einmal viel Glück und Erfolg und eine gute Nacht und verließ den Hof.

Ermanno, dem ich Beginn und Ende des Tagestermins mitgeteilt hatte, wartete bereits auf dem verabredeten Parkplatz.

„Wie war es?" erkundigte er sich interessiert.

„Für Leute, die ihren Stress loswerden wollen und sich auch darauf einlassen, kann es ganz entspannend sein. Morgen geht es auch um Steine, das wäre sicher interessant für dich."

„Ich freue mich morgen schon auf die Vulkaneifel", entgegnete er. „Das wird für mich auch sehr entspannend. Vermutlich würde ich euch auch sehr stören, denn ich bin nicht sicher, ob ich bei all dem immer ernst bleiben könnte."

Ausführlich berichtete ich ihm von den Geschehnissen des Tages und von Verenas Reaktion nach der Enthüllung.

„Sie wird eine Weile brauchen, bis sie sich jetzt im Klaren ist, dass sie eine neue Freiheit gefunden hat", überlegte er.

Ich nickte. „Ja, sie muss erst einmal alles verstehen. Solange werden wir nicht hierbleiben können, aber ich werde morgen noch einmal versuchen, ihr einen Weg in die Freiheit zu zeigen."

Ermanno lud mich in eine bekannte Pizzeria ein, in der wir eine Weile warten mussten, um einen Platz zu bekommen. Dort saßen wir bei Pasta und Wein eine ganze Zeit lang und genossen unser Zusammensein.

Im gemütlichen Gasthof konnte ich meine Augen nicht mehr lange wach halten, nach einer

Katzenwäsche schlief ich schon bald in Ermanno Armen ein.

***

Am nächsten Tag freute ich mich, Greta wohlbehalten und vergnügt auf dem Bauernhof anzutreffen. Auch die übrige Gruppe schien gut gelaunt zu sein und hatte, wie mir meine Freundin später erzählte, den Tag mit einem reichhaltigen Früchte-Müsli begonnen.

Während ich den etwas ausgefallenen und weit hergeholten Schilderungen der Farbtherapie nicht ganz folgen konnte, freute ich mich in den Stunden danach an den schönen Steinen, die wir später begutachteten und näher kennen durften.

Nach der Gemüsebrühe am Mittag konnte ich wie geplant mit Verena ein Gespräch führen, weil Greta, wie verabredet, sich von Frederic eine Reikibehandlung erbeten hatte.

„Kannst du mir jetzt nicht ein kleines bisschen über meine Zukunft sagen?" bat mich die junge Frau.

„Es tut mir leid. Frederic möchte das Seminar nicht durch eine Kartenlegung gestört wissen. Aber was ist es denn, was dich so interessiert? Ich dachte, ihr lernt hier, jeden Tag so zu genießen, wie er ist und sich darauf zu konzentrieren."

„Ich habe heute Nacht ziemlich wilde Träume gehabt", verriet sie mir, „von Oliver, der mit mir geschimpft hat, dass ich ihn verraten hätte und von dieser Kerstin, seiner Freundin, die mich ausgelacht hat, weil ich mich hier verstecken würde. Und dann habe ich noch ganz kurz im Traum den Jens gesehen, den zweiten Frühling. Jens ist der Bruder von Oliver, ein ganz netter Mann. Ich habe geträumt, dass er hier mit einem weißen Pferd ankam und mich retten wollte. Aber dann kamen plötzlich hier aus einer Scheune ganz viele dunkle Pferde, die wir in Wirklichkeit gar nicht besitzen, die haben das weiße Pferd mit Jens darauf wieder verjagt."

„Dieser Jens wollte dich retten. Dann fühlst du dich hier doch ein bisschen gefangen und nicht frei. Aber du bist jetzt nicht mehr gefangen, es muss dich jetzt keiner mehr retten. Du kannst bleiben, wenn du möchtest, und du kannst weggehen, wenn du möchtest. Du hast allen verziehen und du hast niemanden bei der Polizei angezeigt. Deine Pflegeeltern lieben dich und deine wahren Eltern auch. Was du auch machst, du tust niemandem weh."

„Jens war ein paarmal hier, er wollte sich mit mir treffen. Ich hätte es gern getan, aber die anderen haben mir geraten, es nicht zu tun."

„Warum nicht?"

„Sie meinten, ich müsste erst einmal zu meinem eigenen Frieden finden. Erst wenn ich soweit wäre, könnte ich mich wieder auf einen neuen Partner einlassen."

Ich stöhnte. „Wieder so eine Halbwahrheit! Die sind manchmal schlimmer als Lügen. Natürlich ist es gut, wenn man mit sich im Reinen ist. Aber so eine Enttäuschung, wie du sie mit Oliver erlebt hast, die kann man nicht so schnell verwinden. Manchmal dauert das lange Zeit, sogar Jahre. Da musst du aber nicht in der ganzen Zeit allein bleiben, und wenn du in dieser Zeit einen netten jungen Mann kennen lernst, dann darfst du ihn ruhig näher kennenlernen. Wenn du magst, dann spreche ich nachher einmal mit Frederic darüber. Oder willst du das selber tun?"

„Ich fühle mich noch nicht so stark nach dem Schock von gestern, Abigail. Es wäre mir lieb, wenn du das für mich erledigen könntest. Also du meinst, ich bin jetzt frei? Ich kann jetzt tun und lassen, was ich will und hingehen, wo ich will, ohne dass mir jemand böse ist?"

„Ja, das bist du. Und vielleicht gibt es auch noch andere Menschen, die dich lieb haben, außer diesen Freunden hier. Vielleicht hast du noch Verwandte, oder anderswo eine Freundin oder einen Freund."

Sie atmete tief. „Ich habe noch eine Patentante und eine Freundin, sie heißt Maria. Bei denen habe ich mich lange nicht mehr gemeldet, weil ich mich schämte. Aber ich habe sie beide sehr lieb, ich wünschte, sie hätten mich auch sehr lieb."

„Die beiden haben dich auch sehr lieb, Verena! Das kann ich dir ganz offen und ehrlich sagen, und sie werden sich sehr freuen, wenn du dich bei ihnen einmal meldest."

Sie sah mich ungläubig an. „Aber woher weißt du das denn? Du hast gar nicht in die Karten geschaut. Bist du etwa hellsichtig?"

„Ich weiß es aus einer ganz sicheren Quelle. Was würdest du sagen, wenn ich behaupte, dass mich die beiden zu dir geschickt haben, einfach nur, weil sie sich Sorgen um dich gemacht haben? Einfach nur, weil sie wissen wollten, wie's dir geht? Nicht, um dich hier zu bedrängen, oder dich hier zu stören, nur, um dir einen lieben Gruß zu schicken."

„Sagst du das jetzt nur so, oder ist das wahr, Abigail?"

„Wenn du mir versprichst, noch mit niemanden darüber zu reden, dann erzähle ich dir mehr."

Sie sah mich bittend an. „Ich verspreche es, hoch und heilig."

Ich zog das goldene Armband aus meiner Jackentasche. „Hier, das ist von deiner Freundin Maria, die dich sehr liebt und dich sehr vermisst. Wann immer du Lust hast, melde dich bei ihr. Sie wäre überglücklich. Und deine Tante Irene, die hat es mir hier ermöglicht, diesen Kurs bei euch zu machen, damit ich dich kennenlernen kann. Auch sie hatte sich wahnsinnig große Sorgen um dich gemacht, und konnte es kaum fassen, als sie hörte, dass du den Umständen entsprechend gesund bist. Alle lieben Gedanken und Grüße von ihr soll ich dir ausrichten. Und auch sie wünscht sich nichts sehnlicher, als irgendwann einmal von dir etwas zu hören."

Verena nahm das Armband, legte es an und begann zu weinen, erst leise, dann heftig und laut schluchzend.

Ich nahm sie in meine Arme und tröstete sie eine ganze Weile, bis sie sich wieder beruhigt hatte.

„Und du redest nachher mit Frederic?" erinnerte sie mich noch einmal.

„Das verspreche ich dir."

Ein Gong rief uns in den Meditationsraum, wo uns Angelika einige fernöstliche Techniken zeigte, bei denen man mit den Händen an verschiedenen Druckpunkten eines Klienten Energien auslösen sollte. Dazu suchte sich jede Person einen Partner, Olga behandelte mich, und ich im Gegenzug Olga. Ich hätte sie zu gern nach dieser besonderen Frau gefragt, die vorgab, mit Verstorbenen sprechen zu können, aber leider war es mir nicht erlaubt, während der Behandlungen auf ein anderes Thema zu kommen.

Nach einer kurzen Kaffeepause versammelten wir uns zum Diskussionsgespräch. Greta war sehr neugierig, was ihr die Anwesenden zu sagen hatten.

Angelika begann. „Du musst dich erst selbst einmal lieben lernen", schlug sie vor.

Olga folgte mit ihrer Diagnose: „Sicher hast du einen Vaterkomplex."

„Deine allererste Liebe war unglücklich, das hast du noch nicht verwunden", behauptete Frederic.

„Du fühlst dich einfach nicht ausgefüllt, und musst erst den Sinn des Lebens suchen", schätzte Roland, ein weiteres Mitglied der Gruppe.

„Du hast Angst, dich auf eine echte Begegnung einzulassen!" entschied Nikolaus, das sechste Mitglied.

Wir diskutierten fast zwei Stunden, jeder fand zu seiner Behauptung einige Begründungen und Erläuterungen, und am Ende waren wir genauso schlau wie vorher.

Greta bedankte sich bei allen. „Das habt ihr sehr gut gemacht. Und vermutlich hat jeder von euch ein bisschen Recht. Ich habe dieses Seminar hier bei euch sehr genossen und werde euch auch weiter empfehlen."

Wir klatschten alle und umarmten uns gegenseitig, mit der Gewissheit, etwas mehr Nähe unter die Menschen gebracht zu haben.

Frederic reichte uns zwei selbst gebastelte Urkunden mit der Teilnahmebestätigung, und ich übergab ihm im Gegenzug einen Umschlag mit einigen Geldscheinen darin.

„Bevor wir uns jetzt verabschieden, möchte ich dich noch um ein kurzes Gespräch bitten", wandte ich mich an ihn.

„Bitte! Du kannst sprechen", schlug er mir vor.

„Können wir diesmal in dein Büro gehen?"

In dem kleinen, mit schäbigen, alten Möbeln eingerichteten Raum war es kalt und ungemütlich. Aber ich hatte auch nicht vor, lange dort zu bleiben.

„Hast du von Oliver Frühlings Verhaftung gehört?"
fragte ich ihn direkt.

Er sah mich resigniert an. „Du bist von der
Polizei."

„Nicht direkt, aber so etwas ähnliches. Hat er dir
Geld gegeben, damit ihr Verena dieses Theater
vorspielen konntet?"

„Ja, er hat uns Geld gegeben, aber nicht nur das. Er
hat uns auch gedroht mit einigen unwillkommenen
Besuchen von Leuten aus seinem Milieu. Ob ich
mir vorstellen könnte, dass unsere Ernten plötzlich
von unliebsamem Getier zerfressen oder plötzlich
mit Insektiziden vergiftet sein könnten. Er drohte
mir sogar mit Brandstiftung."

„Warum bist du nicht zur Polizei gegangen?"

„Ach, die tut doch immer erst etwas, wenn schon
alles passiert ist. Oliver ist doch schlau, er gehört
doch sicher zu irgendeiner Mafia. Und außerdem

sagte er, Verena müsse unbedingt ihren Frieden finden, und das könne sie am besten bei uns. Sie war ja nun wirklich ganz verstört damals und wahnsinnig enttäuscht. Und es ist eine Tatsache, dass sie sich bei uns wohl gefühlt hat und ihren Schmerz weitgehend überwinden konnte."

„Ich weiß, ihr habt sie nicht schlecht behandelt. Aber diese Lüge mit den Verstorbenen, das war ziemlich gemein und brutal. Das weißt du doch, oder?"

„Das hat mir auch sehr leid getan. Und es hat auch schon Stunden gegeben, da wollte ich ihr alles sagen. Aber sie war doch inzwischen ruhig geworden und hatte sich so gut erholt, da wollte ich ihr einen neuen Schock ersparen. Was wird jetzt passieren? Holst du jetzt die Polizei?"

„Nein. Aber Verena wartet auf Antwort von dir. Ich warte darauf, dass du ihr sagst, dass sie frei ist, am besten vor allen anderen."

Ich fand, dass ich ein gewagtes Spiel spielte. Zu welcher Sorte Menschen gehörte er? Würde er mir etwas tun, aus Angst, vor dem, was da kommen konnte? Wenn ihm wirklich alles leid tat, würde er nachgeben.

Etwas beunruhigt wartete ich sein Zögern ab. Dann nickte er langsam. „Komm, wir gehen jetzt in den Meditationsraum!"

Dort fanden wir die anderen gut gelaunt und in rege Gespräche vertieft.

Frederic bat um Ruhe. „Hört einmal alle zu, ich habe euch etwas zu sagen. Verena war nun eine ganze Weile bei uns, wir wissen, dass sie mit Problemen zu uns kam. Wir haben versucht ihr zu helfen und die Probleme auf unsere Weise zu lösen. Dabei haben wir auch Fehler gemacht. Wir wollen versuchen, aus diesen Fehlern zu lernen.

Liebe Verena, wir haben dich alle sehr gern und waren die ganze Zeit sehr froh, dass du bei uns warst und uns deine Freundschaft geschenkt hast. Heute ist etwas zum Abschluss gebracht worden, und es kann eine neue Zeit beginnen. Du bist jetzt frei, ganz frei, und musst niemandem etwas beweisen. Auch nicht mehr den Verstorbenen, und ganz bestimmt nicht mehr uns. Du kannst jetzt auch hingehen, wohin du willst, und wenn du magst darfst du uns auch verlassen. Wir würden uns allerdings auch freuen, wenn du bei uns bleibst. Es ist deine eigene Entscheidung."

Verena traten Tränen der Rührung und Befreiung in die Augen.

„Ich danke euch allen hier wirklich sehr, und ich habe euch alle hier ins Herz geschlossen. Ich werde euch nicht verlassen, sondern bei euch wohnen bleiben, denn das Leben bei euch gefällt mir. Aber heute möchte ich erst einmal mit Greta und Abigail zu meiner Tante nach Sankt Augustine fahren und auch meine Freundin Maria besuchen." Sie hob den Arm und zeigte das Armband. Lächeln sagte sie: „Das ist ein Treue-Armband. Und eine solche Freundschaft darf man nicht einfach wegwerfen, das versteht ihr doch! Ich muss sie unbedingt besuchen."

Sie wandte sich an mich. „Darf ich mit euch fahren? Nehmt ihr mich mit?"

„Aber gern. Pack nur rasch eine Zahnbürste ein, und dann können wir los!"

Sie eilte hinaus, um ein paar Sachen einzupacken.

„Wird sie mich jetzt bei der Polizei anzeigen?" wandte sich Frederic an mich.

„Im Moment ist sie sich dessen noch gar nicht bewusst, was ihr ihr angetan habt. Dafür weiß sie noch zu wenig und dazu ist sie, glaube ich, viel zu naiv. Aber ich denke, du wirst es ihr später noch einmal erklären. So wie ich sie allerdings jetzt kennen gelernt habe, wird sie dir bestimmt auch verzeihen, wenn du bereust und sie darum bittest. Sie ist ein Mensch, der viel Harmonie braucht und den Frieden liebt, genau wie ihr hier."

Als Verena mit einer kleinen Tasche wiederkam, gab es noch einmal eine große Abschiedszeremonie mit einigen Tränen. Die zurückgebliebenen Hofbewohner winkten uns vom Gartentor her noch lange nach.

Ermanno staunte, als wir statt zu zweit zu dritt mit Verena bei ihm auf dem Parkplatz eintrafen. Nachdem wir uns begrüßt hatten und ins Auto eingestiegen waren, ließ er sich den Hergang unseres Abenteuers schildern.

„Aber jetzt habe ich einen Riesenhunger", stöhnte Greta. „Immer diese Gemüsebrühe! Ich werde sie nie wieder sehen können.

„Dagegen findet ihr etwas hinten im Proviantkoffer", gab uns Ermanno einen guten Tipp. „Da findet ihr alles, was das Herz begehrt. Kleine Frühlingsrollen, warme Pizzataschen und dazu allerlei zum Naschen. Nachdem mir Abigail gestern von eurer Brühe erzählt hat, hatte ich schon vermutet, dass ihr jetzt mit leerem Magen ankommt."

„Und du", fragte ich ihn. „Hast du schon etwas gegessen?"

„Heute Mittag. Und wenn du mich jetzt zwischendurch ein bisschen fütterst, werde ich den ersten Teil unserer Heimfahrt ganz gut überstehen bis zu einer Pause. Im Augenblick haben wir auf der Autobahn noch gute Verkehrsbedingungen. In den späten Abendstunden gibt es wieder mehr Lkw-Verkehr, bis dahin möchte ich schon ein ganzes Stück geschafft haben."

„Ihr müsst euch ranhalten", forderte uns Greta auf.

„Quatscht nicht so viel! Esst lieber, sonst lasse ich euch nichts mehr übrig. „Und du, Verena, warum willst du unbedingt wieder zurück? Vielleicht hast du ja auch Lust, in Sankt Augustine bei deiner Tante zu bleiben."

„Ich freue mich sehr auf meine Tante, und auch auf meine Freundin. Aber auf dem Bauernhof, das sind junge Leute wie ich, wir passen schon ganz gut zueinander. Außerdem gibt es da in der Nähe auch noch einen jungen Mann, den Jens. Kannst du mir da mal in die Karten schauen, Abigail?"

„Dazu brauche ich keine Karten. Ihm geht es gut, und er hat sehr viel Freude an seiner Arbeit in der Uniklinik in Bonn auf dem Venusberg und seinem Neffen, dem Arthur, ihm hat er gerade ein Fahrrad gekauft."

Sie schubste mich an der Schulter an. „Abigail! Jetzt wirst du mir aber langsam unheimlich. Woher weißt du denn das nun schon wieder?"

Jetzt war es an der Zeit, ihr die ganze Geschichte zu erzählen. Ich begann von Anfang an, mit Irenes Auftrag, sie zu suchen, erzählte vom Zusammentreffen mit Kerstin und Arthur, berichtete von Frau Bieber, von Jens und seiner Schwester. Am Ende beichtete ich ihr, dass ich überhaupt keine Ahnung vom Kartenlegen hatte und entschuldigte mich bei ihr für diesen Schwindel.

Sie konnte es nicht fassen. „Dafür hast du's aber gut hingekriegt, und auch Frederic hat dir alles geglaubt, das hat er mir selbst gesagt."

Greta war neugierig. „Euer Boss im Bauernhof hat dich ganz schön manipuliert, Mädchen. Er hat dich mehr oder weniger zum Bleiben gezwungen. Bist du nicht sauer auf ihn, willst du ihn nicht bei der Polizei anzeigen?"

„Ach Greta! Das ist nicht so mein Ding. Ich war doch nicht eingesperrt. Wenn ich wirklich weg gewollt hätte, die Türen waren nicht verschlossen. Sie sind dort so wie eine Art Familie für mich. Und auch in einer Familie macht man viele Fehler. Meine Pflegeeltern, das waren ganz liebe und kluge Menschen aus einfachen Verhältnissen. Aber sie haben immer gesagt: „Wie viele Fehler werden aus Liebe gemacht, besonders von Eltern". Ich denke einfach, sie haben es alle gut mit mir gemeint. Und ich habe bei ihnen auch ein echtes Verzeihen gelernt."

Greta drehte sich zur Seite. „Na gut, du musst es ja wissen. Aber ich denke, du bist zu gut für diese Welt. Und du kannst nicht immer nur bei diesen Außenseitern leben."

Ich lächelte. „Keine Sorge, der Prinz auf dem weißen Pferd wird bestimmt kommen und Verena eines Tages abholen."

***

Als die beiden Frauen eingeschlafen waren, schrieb ich Jens eine lange Nachricht und berichtete ihm, wie glimpflich alles abgelaufen war, und dass wir Verena mitgenommen hatten, damit sie ihre Tante und ihre Freundin besuchen, und erst einmal von allem Abstand gewinnen konnte. Fast die gleiche Version der Geschichte schickte ich an Adelaide und auch an Irene, die sofort begeistert antwortete.

„Kann es gar nicht fassen, tanze vor Freude im Zimmer umher. Du bist ein Goldschatz, ich werde es dir wieder gutmachen."

„Willst du nicht auch ein bisschen schlafen?" erkundigte sich Ermanno bei mir.

„Soll ich dich nicht ablösen für ein paar Stunden?" schlug ich ihm vor.

„Mir geht es gut, danke. Ich bin solche langen Fahrten gewohnt, du kannst unbesorgt schlafen."

Eine Weile sah ich mit ihm in die dunkle Nacht hinaus und ließ die vielen gelben und weißen Lichter an meinen Augen vorbeigleiten, ab und zu passierten wir rote Lichter, die mich manchmal wie Augen ansahen. Das gleichmäßig summende Geräusch des Motors sang mich endlich in den Schlaf.

Es wurde gerade hell, als ich erwachte.

Ermanno lenkte den Wagen in diesem Moment auf den Schlossparkplatz. Adelaide und Carla eilten uns entgegen und begrüßen Ermanno und mich, während Greta und Verena im hinteren Teil des Fahrzeugs gerade verwirrt die Augen aufschlugen.

Wir geleiteten die beiden noch vom Schlaf verstörten Frauen ins Schloss, wo ihnen die Schlossherrin schon ein Bett vorbereitet hatte.

Meinen Schatz übernahm ich selbst und führte ihn in unsere kleine Dachwohnung, wo er müde ins Bett sank.

Vorsichtig zog ich ihm die Schuhe aus und hüllte ihn in die Bettdecke ein.

Nach einer erfrischenden Dusche bekleidete ich mich mit einem winterlich warmen Pulli, einer sportlichen Hose und besuchte Ada in der Küche, wo sie mit Carla das Frühstück zubereitete.

Carla sah mich staunend an. „Adelaide hat es mir schon erzählt, da hast du aber wieder ein richtiges Abenteuer hinter dir, und es hat mich ganz stark an unsere Erlebnisse in Frankreich erinnert. Und ganz nebenbei habt ihr noch dabei geholfen, einen Drogenring auffliegen zu lassen. Was kommt denn das nächste Mal? Ein Einsatzkommando des SEK?"

„Das wollen wir aber nicht hoffen", Ada reichte mir eine Tasse mit heißer Schokolade. „Und nach diesen dünnen Gemüsebrühen, mit denen man euch gefüttert hat, muss ich euch erst mal wieder richtig aufpäppeln."

Carla lachte. „Eine Frühjahrsdiät soll gut tun." Sie begutachtete mich von oben bis unten. „Na, ein bisschen mager bist du schon geworden. Aber das kriegen wir schon wieder hin."

Die Glocke am Schlosstor läutete. „Bleibt ihr mal ruhig hier in der Küche. Ich mach das schon", bot ich den beiden Frauen an und lief durch die große Eingangshalle ans Tor. Tatsächlich war der Morgenbesuch für mich, Irene stürmte auf mich zu und umarmte mich. „Ich konnte es einfach nicht abwarten, das kannst du doch bestimmt verstehen. Jetzt habe ich meine Nichte so lange nicht mehr gesehen, und ich bin furchtbar aufgeregt. Geht es ihr denn gut? Wo ist sie?"

„Sie schläft, genauso wie Greta und Ermanno. Das war wohl eine ganze Reihe von Aufregungen, und dann kam später die lange Reise noch hinzu. Aber du kannst gleich mit uns frühstücken, Ada und Carla übertreffen sich wieder selbst."

„Ja, das mache ich gern. Aber im Moment bin ich noch zu aufgeregt. Hast du einen Augenblick Zeit, können wir uns hier in der Halle auf dem Sofa etwas unterhalten?"

„Natürlich. Was gibt es denn? Hast du ein Problem?"

„Nein. Aber du bist schließlich die Einzige, die von dieser ganzen Geschichte etwas weiß. Es geht um Giorgio und mich."

Ich erschrak, das hatte ich jetzt ganz vergessen. Hatten sich die beiden Frauen getroffen? Hatte Theresa entdeckt, dass sich Giorgio mit Irene traf?

„Du kannst mir auch jetzt alles erzählen. Du weißt, dass ich Geheimnisse behalten kann."

„Giorgio fliegt heute wieder zurück in seine Heimat, und er war gestern Nacht noch einmal bei mir, um sich zu verabschieden."

Ich beruhigte mich. „Dann ist er jetzt zu Ende, euer Traum. Wahrscheinlich musste es so sein."

„Aber ich habe nicht auf deinen Rat gehört, Abigail. Ich habe gedacht, jetzt oder nie, und dann habe ich ihn verführt. Am Anfang sah so aus, als wäre er gar nicht dafür bereit gewesen. Aber ich glaube, die meisten Männer werden irgendwann einmal schwach, wenn man es darauf anlegt."

Ich stöhnte leicht. Ich hatte es also doch nicht verhindert. War das jetzt meine Schuld, dass es so weit gekommen war? „Unsinn!" schimpfte ich mit mir. Es waren doch beides erwachsene Menschen, die mussten doch wissen, was sie taten.

„Du stöhnst, Abigail? Ja, ich weiß. Ich hätte es nicht tun sollen. Es war gar nicht besonders schön. Nicht nur, weil er kein guter Liebhaber ist, sondern weil sich dieses Gefühl hinterher gar nicht als Sieg anfühlte. Und der ganze schöne romantische Traum zerplatzte wie eine Seifenblase. Es war nicht das glückliche Happy-End einer Liebe, und es war auch keine rauschende Nacht voller Zärtlichkeit oder romantischer Gefühle. Als er später gegangen ist, habe ich lange geweint.

„Das kann ich mir vorstellen, Irene. Du hast einem schönen Traum nachgeweint, einer Liebesromanze, die wie das Licht eines Sternes ist, den es in Wirklichkeit schon gar nicht mehr gibt, weil er längst erloschen ist."

„Ja, so ungefähr hat es sich angefühlt. Ich glaube, ich war nur verliebt in die Liebe. Und es hat mir einfach gut getan, dass er mich so bewundert und verwöhnt hat. Ich glaube, wir haben uns beide etwas vorgemacht. Es war so ein romantischer zweiter Frühling, der uns noch einmal jung werden ließ. Aber so etwas verträgt nicht die Realität. Ich hätte ihn wirklich vorher fragen sollen, ob er eine Partnerin hat. Dann hätte ich mir dieses banale Ende erspart, und ich hätte mir den Traum fürs ganze Leben behalten."

„Vielleicht. Aber ich bin mir gar nicht mehr so sicher. Vielleicht war dieser Traum einfach wichtig für euch beide, und dieses Ende, dieses Erwachen gehörte mit dazu. Wenn du jetzt wieder einen neuen Partner kennenlernst, bist du frei für ihn und wartest nicht vergeblich auf eine Rückkehr von Giorgio. Und vielleicht war für ihn dieses

Erwachen auch wichtig, für sein weiteres Leben, für alles was ihn jetzt in Italien erwartet. Hat er noch etwas zu dir gesagt, etwas Wichtiges?"

„Nein danach waren wir beide wie befangen und konnten uns auch gar nicht mehr wirklich unterhalten. Es gab einfach nichts mehr, das wir uns noch zu sagen hatten. Es war mir, als hätte ich das Zauberband zwischen uns zerrissen. Er hat mir dann an der Tür nur noch alles Gute für die Zukunft gewünscht und mich auf die Wange geküsst. Meinst du, dass es ihm mit mir nicht gefallen hat?"

„Das kann ich mir nicht vorstellen, Irene. Du bist eine liebenswerte, sensible Frau, die kann sich jedermann nur wünschen. Und ein bisschen Erfahrung in der Liebe traue ich dir schon zu."

Sie lächelte, endlich lächelte sie wieder „Ja, das stimmt. Aber vielleicht ist er sonst derjenige, der eine Frau verführen will. Vielleicht hat er sich aber auch geschämt, weil in Italien eine Partnerin auf ihn wartet, die er eigentlich nicht betrügen wollte."

Sie atmete hörbar auf und fuhr fort: „Wenn es das ist, werde ich es verwinden können. Dann werde ich einfach daran denken wie an eine Schnittblume, die in der Vase zum Sterben verurteilt ist."

„Jetzt musst du an etwas ganz anderes denken", riet ich ihr. „Gleich wird es ein Wiedersehen geben, wozu man eigentlich die Glocken läuten und ein Feuerwerk anzünden müsste. Nebenan im Fremdenbett schläft deine Nichte und freut sich auf dich."

„Tut sie nicht, sie schläft nicht mehr", hörten wir eine helle Stimme neben uns. „Aber sie freut sich." Verena stand ganz unerwartet vor uns und stürmte auf ihre Patentante los. Mit feuchten Augen konnte ich zu sehen, wie sich die beiden wieder und wieder umarmten, ansahen und küssten. Für diese Minuten hatte sich die ganze Arbeit gelohnt.

„Nachher wird auch Maria kommen und dich hier besuchen", wusste Irene.

„Und jetzt kommt rasch mit in die Küche zu unserer lieben Schlossherrin, die schon mit dem Frühstück wartet", lud ich die beiden ein.

Wir nahmen alle an dem großen, langen Holztisch Platz und freuten uns an einem ausgiebigen Frühstück. Nach und nach kamen auch Bernhard, Moro und ein paar Studenten aus dem Nebengebäude hinzu, die sich über unsere vergnügte Stimmung freuten.

Ich schoss gleich ein Foto von Irene und ihrer wiedergefundenen Nichte und schickte es an Jens weiter, der mir umgehend zurückschrieb.

„Danke dir, Abigail. Ich habe schon mit den Hofbewohnern Kontakt aufgenommen und plane mit ihnen gemeinsam einen besonderen Willkommens-Empfang für Verena, wenn sie wieder zurück nach Rheinbach kommt. Sie haben mir selbst auch alles erklärt und sich bei mir entschuldigt. Da scheint es doch ein richtiges Happy- End zu geben. Und du bist dir ganz sicher, dass mich Verena auch ein bisschen mag?"

„Ganz sicher. Sie hat es gestern, als wir zurück fuhren, ausdrücklich gesagt. Und dass du einer der Gründe bist, warum sie unbedingt wieder nach Hause will."

„Schöne Grüße übrigens von Arthur! Er ist ganz stolz mit seinem neuen Fahrrad und hat es seinen Freunden schon präsentiert. Und er findet es schade, dass du so weit weg wohnst."

„Aber nicht aus der Welt", versicherte ich ihm. „Und falls aus dir und Verena einmal ein Brautpaar wird, komme ich gern zur Hochzeit."

Nachdenklich beendete ich das Gespräch. Wie sympathisch doch dieser Jens Frühling war! Kaum zu glauben, dass er solch einen kriminellen Bruder hatte. Meine Gedanken fanden wieder neue Wege: Vielleicht waren es gar keine echten Brüder, nur Halbbrüder, oder einer von beiden war adoptiert. Ich lachte mich aus. Suchte ich schon wieder einen neuen Fall?

Nein, zuerst musste ich ein appetitliches Frühstück für Ermanno herrichten. Ich sammelte auf einem Tablett von allen Leckereien eine kleine Portion, stellte ein Kännchen duftenden Kaffees dazu und trug das Frühstück in unsere kleine Dachwohnung.

Ermanno erschien frisch geduscht und rasiert, in legerer Kleidung kam er aus dem Badezimmer.

„Gut, dass du kommst, Amore!" begrüßte er mich.

„Ich habe nämlich ein riesiges Problem."

„Einen neuen Fall?" fragte ich scherzend.

„So würde ich es nicht nennen. Ich habe hier einen Gutschein bekommen für eine 8-tägige Reise nach Mühlwald in Norditalien, genau in das Hotel, wo sich Adelaide und Moro kennen gelernt haben. Aber die beiden schaffen diese Reise nicht, weil es Moro mit seinen Behinderungen nicht mehr gut genug geht. Ich hätte jetzt in den nächsten Tagen Zeit dafür. Aber wie steht es mit dir?"

Ich fühlte, dass mein Gesicht strahlte. „Nach Mühlwald? Wo wir uns auch kennen gelernt haben?"

Er nickte. „Genau dahin. Könntest du das denn mit deiner Arbeit vereinbaren?"

„Ah! Ich kann doch von überall aus arbeiten", beruhigte ich ihn.

„Das ist gut, hier habe ich nämlich schon die Buchungsbestätigung." Er reichte mir ein Papier.

Ich überflog das Formular und las in der Gästezeile unsere Namen.

„Du hast es schon auf uns übertragen lassen?" freute ich mich. „Wann soll es losgehen?"

„Wenn du dich so schnell losreißen kannst, und dir das Reisen nicht schon zum Hals heraushängt, dann morgen früh."

Ich küsste ihn auf die Wange. „Du bist ein Schatz. In den Bergen kommt der Frühling später, noch später als hierhin. Das werden wir dann auch noch einmal miterleben. War das jetzt dein riesiges Problem?"

Er grinste. „Nein, das war nur der kleinste Teil davon. Ich habe aber ein Doppelzimmer bestellt, und wir sind weder verlobt noch verheiratet. Deswegen ist es mir gar nicht wohl dabei. Das ist ein weiteres Problem."

Ich protestierte. „Aber Ermanno! Wir leben im 21. Jahrhundert. Wie nennt sich das heute so schön, Lebensabschnittsgefährten. Nein, das ist wirklich kein schönes Wort und passt auch gar nicht zu uns. Aber wir sind doch ein Paar. In dieser modernen Zeit wird auf solche Förmlichkeiten nicht mehr geachtet."

Sein Lächeln wurde noch breiter, in seinen Augen blitzte der Schalk. „Ich liebe Förmlichkeiten. Trotzdem ist mein größtes Problem, wie ich es dir sagen soll, dass ich dich gerne heiraten möchte, ohne dass es kitschig wirkt."

Der Boden schwankte unter mir, und ich setzte mich schnell neben ihn. Als ich mich wieder gefasst hatte, stammelte ich. „Mit einem Ring ginge das schon."

Er holte ein kleines Kästchen aus der Hosentasche, und ich erkannte darauf das Firmenlogo des Juweliers aus Catania.

„Oh!" rief ich überrascht aus. „Das wusste ich gar nicht."

Er nahm den goldenen Ring aus dem Kästchen und hielt ihn mir hin.

„Wenn du mir deine Hand gibst, stecke ich ihn dir an." Er sah mir in die Augen, fragend, und doch voller Zärtlichkeit.

„Ich kann dich beruhigen, das ist überhaupt nicht kitschig", antwortete ich und streckte ihm meine Hand hin. „Ich gebe sie dir nicht nur, ich schenke sie dir auch. Und küssen darfst du mich auch."

ENDE